國家圖書館出版品預行編目資料

南海觀音全傳 達磨出身傳燈傳(合刊) / 西大午辰走人,朱開泰編撰;沈傳鳳校注. ——初版一刷. ——臺北市：三民，2008
面； 公分. ——(中國古典名著)

ISBN 978-957-14-4820-6 (平裝)

857.44 97004913

編撰者	西大午辰走人 朱開泰
校注者	沈傳鳳
責任編輯	吳焰財
美術設計	郭雅萍
發行人	劉振強
著作財產權人	三民書局股份有限公司
發行所	三民書局股份有限公司
	地址 臺北市復興北路386號
	電話 (02)25006600
	郵撥帳號 0009998-5
門市部	(復北店) 臺北市復興北路386號
	(重南店) 臺北市重慶南路一段61號
出版日期	初版一刷 2008年6月
編號	S 857030
定價	新臺幣160元

行政院新聞局登記證局版臺業字第〇二〇〇號

ISBN 978-957-14-4820-6 (平裝)

http://www.sanmin.com.tw 三民網路書店

中國古典名著

南海觀音全傳
達磨出身傳燈傳
（合刊）

西大午辰走人
朱開泰 編撰
沈傳鳳 校注

三民書局

南海觀音全傳

西大午辰走人　訂審
沈　傳　鳳　校注

總目

引言

沈傳鳳

大慈大悲的觀世音是家喻戶曉的佛教人物，在眾多寺廟及石窟中都有關於觀音的石刻和繪畫。對觀音的信仰是中國宗教中重要的內容，而民間對觀音更是十分信奉，幾乎達到「家家彌陀佛，戶戶觀世音」的程度。

觀世音的名稱是梵文Avalokita-isvarad的音譯，漢語典籍中還有譯作窺音、光世音、觀音、觀自在等，但仍以觀世音、觀音的名稱最深入人心。觀世音菩薩隨緣應世、普度眾生，是一位救苦救難的大菩薩，於是民間就流傳很多觀音的靈感靈驗事跡。而關於觀音的身世也成了民眾關心的話題。在石窟廟堂中，我們可以看見觀音形象生化萬千，既有威武神氣、蓄有鬍鬚的男相；又有清秀雍容、留有髮髻的女身。

觀音是男身抑或女身？其身世一直是眾說紛紜，莫衷一是。

有說是阿彌陀佛之子，曇無懺譯悲華經上有一段文字記載：「有轉聖輪王，名無諍念。王有千子，第一王子名不瞬，即觀世音菩薩；第二王子名尼摩，即大勢至菩薩；第三王子名王象，即文殊菩薩；第八王子名泯圖，即普賢菩薩。」轉聖輪王即阿彌陀佛，這裡可見觀音等四大菩薩是四兄弟。而古印度婆羅門教認為觀音是一對神馬駒所變，這對馬駒神通廣大，能使盲人復明、不孕者懷孕、公牛產奶、朽木開花，象徵著慈悲與善，待大乘佛教興起後，這對神馬駒逐漸成為一位慈眉善目的菩薩，被稱為「馬頭觀世音」。還有說觀音是蓮花所生。然而在中國民間流傳的則較多是觀音女身說。中國傳說將觀音女性化，最早是古今圖書集成神異典和太平廣記，把觀音說成唐代的馬郎婦。而其中流傳最廣泛、影響最深刻的當是妙善未成道之前如何發大心，立大願，如何歷經曲折，精勤修持，最終成道的動人故事。宋人朱弁曲洧舊聞已比較明確地將妙善說成是妙莊王第三女。管道升的觀音大士傳則較完整地敘述妙善成觀音的故事。而且正是由於妙善這一鮮明形象的刻畫，使觀音「唇厚鼻隆，目長頤豐，挺然丈夫之像」的男性形象漸漸在人們心目中淡化。

關於觀音出身的書流傳並不少，除了較早散見於古今圖書集成和太平廣記中的馬郎婦外，便均為關於妙善的修心持道，譬如觀世音修行香山記、南海觀音全傳等。石刻方面則有現存河南寶豐縣宋元符三年（西元一一〇〇年）由蔣之奇撰文、蔡京書丹的香山大悲菩薩傳碑，以及崇寧三年（西元一一〇四年）由韋義撰文、杭州天竺寺僧道育立的香山大悲成道傳碑等。

此書名為南海觀音全傳，又名南海觀世音菩薩出身修行傳。題「南州西大午辰走人訂著、羊城沖懷朱鼎臣編輯、渾城泰齋楊春榮繡梓」。西大午辰走人不知是何人，孫楷第中國通俗小說書目十二卷中稱「疑是四大五常中人」。朱鼎臣，字沖懷，羊城人（今廣東廣州），生平不詳。他一生輯著頗多，尚輯有唐三藏西遊釋厄傳、新刻音釋旁訓評林演義三國志史傳，以及一些戲曲以及俚語雜選集等。

這部小說原分四卷二十五則，記敘了妙莊王的女兒妙善公主如何修心成道的傳奇故事。這部小說內容豐實、情節曲折，構築了一個成熟的觀音得道的佛教故事。此書曾被收入古本小說集成叢書（上海古籍出版社），無論是從內容上，還是從其傳播上，都對觀世音世俗化產生了深遠的影響。

這部小說大致分為兩個部分，上半部分寫妙善一心向善，敬佛修行；下半部分寫觀音點化善才、龍女，收伏青獅、白象的故事。前半部分與在中國流傳較早的宋普明禪師編集的觀世音菩薩本行經（又名香山寶卷）相差無幾，或從此出；後半部分則增出「點化善才龍女」、「入宮視病救活二姐」及收服獅、象等事，則是寶卷所無。另外在一些細節方面，此書與寶卷也有差異。寶卷中莊王三個女兒分別是妙書、妙音、妙善；小說中分別是妙清、妙音、妙善。寶卷中妙善原係仙人轉生，小說中乃是善男施善投胎。寶卷中妙善在惠州澄心縣香山紫竹林修行，小說中則在香山南海普陀岩修行等等，還有文殊、普賢菩薩坐騎青獅、白象的來歷均一一交待，可說是大大增加了故事內容，使之飽滿，更具可讀性。

這部小說文字簡略粗疏，缺乏文采。然在描寫妙善修道志堅時，用了大量的篇幅鋪敘眾人如何反覆規勸妙善回心招婿的過程，包括彩女、莊王夫婦、二位姐姐，逐一勸說，情節層層鋪排，頗具感染力。此外在小說的後半部分，關於青獅白象托身發難、善才龍女請兵降妖的情節，曲折動人，更具故事性。這部小說還顯露出章回小說的特徵。在每則結束有句數不等的七言韻文，而在第四回「朝中招選女婿」、第七回「莊王夫婦園中勸女」、第八回「彩女承旨勸公主」等幾則後均有「且聽下回分說」的字樣，可說略具章回小說的面貌。

這部小說對觀音信仰深入世俗社會、普及民間大眾作出了很大的貢獻，而觀音女身也自此深入人心。從小說史的角度，可以看到佛教利用小說進行宣教。第二回「岳神奏上帝」中的「善惡到頭終有報」；第五回「妙善不從招贅」中妙善言：「醫得天下無萬頹之相，無寒暑之時，無愛欲之情，無老病之苦，無高下之相，無貧富之辱，無你我之心，盡得吾意，佛果菩提。」以及第六回「妙善後園修行」中妙善禱告：「愛慾般般都放下，三途八難永除根」等，無一不體現觀世音的大慈大悲、救苦救難和大乘佛教的教義，而這些又立足於勞苦大眾，這無疑贏得了更廣泛的群眾基礎。而小說框架的日趨完整，獅象作為坐騎、普陀山作為道場等等，均由小說通過傳播延伸了觀音世俗文化的內容。當然，作為宣揚宗教人物事跡的小說難免會有一些封建思想，需要讀者自行鑒別。

此書乃從古本小說集成中輯出，此次整理參用的本子是明萬曆間閩刻本，現藏於倫敦大英博物館。此書明本僅存此一部，然全書文字簡陋，錯字極多，此次點校均作訂正。此書明刻本上圖下文，共四卷二十五則，並未分回，但因其已略具章回小說之架構，此次整理遂用回目取代卷、則，以醒眉目，並擷選原圖清晰可觀者置於書前，供作參考。此書除了有文字錯謬，還有行文編排導致的內容不銜接，這次點校已一併將文字理順，缺文無法辨識者則以「□」表示，特此說明。

南海觀音全傳第三回插圖：「北斗降生」。選自明萬曆間閩刻本，原本現藏倫敦大英博物館。

第六回插圖：「後園修行」。

第八回插圖：「二姐責善」。

第十二回插圖：「正言對父」。

第十五回插圖：「仙桃充饑」。

第十九回插圖：「割取手目」。

第二十三回插圖：「火燒水寨」。

第二十四回插圖：「金剛下凡」。

回目

鷓鴣天

國主妙莊王，幼女妙善娘。
父欲招女婿，修行不嫁郎。
發去園中禁，容貌越非常。
白雀寺中使，天神相助忙。
遣兵去燒殿，精誠感上蒼。
逍遙樓上勸，苦苦不相降。
押赴法場絞，虎背密山藏。
靈魂歸地府，十殿放毫光。
究囚蒙解脫，香山得返陽。
九載修行滿，功成道德強。
父疾捨手眼，醫疾得如常。
文武入山謝，方知骨肉傷。
一家登佛國，快樂在西方。

第一回　莊王往西岳求嗣

話說金天大昊氏❶十一年，有西域王靈人，姓婆名伽，表字羅玉。自一十七歲起兵，二十歲登位，國名興林，年號妙莊。掌管三十六載，東至佛齊國❷，西至天竺國❸，南至天真國，北至暹羅國❹，地方三千里。文有趙震，武有褚杰，君明臣良，刑清政理，萬民樂業，四海無虞❺。

當時大赦天下，於是立寶德皇后伯牙氏為正宮。誰想王與皇后年俱四十，並無子息❻，三宮六院俱已乏嗣。莊王對皇后曰：「寡人百戰千征，千辛萬苦纔取得一個金甌❼天下，指望子孫承守，傳位無窮。今日妃嬪雖多，並無太子。朕心十分煩惱，不知梓童❽有何高見？」當時伯牙皇后奏曰：「和氣致祥，

❶ 金天大昊氏：傳說中古代帝王少昊的稱號。
❷ 佛齊國：印度的古稱。古伊朗語 hindukahindukh 音譯。
❸ 天竺國：國名，即今之印度。
❹ 暹羅國：泰國的舊名。舊分暹與羅斛兩國，十四世紀中葉兩國合併，稱為暹羅 (Xiānluó)。
❺ 無虞：沒有憂患；太平無事。
❻ 子息：猶子孫。
❼ 金甌：黃金之甌。比喻疆土之完固。亦用以指國土。
❽ 梓童：皇帝對皇后的稱呼。

乖氣致戾。想是當年我王東征西討，殺人太多，恐乖❾天和，所以致我夫婦四十已過，尚無一子傳後。妾近聞得西岳華山聖帝十分靈感，凡有祈禱，皆獲果報❿。我王何不發一道旨意，差禮部掌禮官悉怛喃、支都二人前去那殿上，命僧道廣建羅天大醮⓫七日七夜，懺過生前罪愆⓬，求嗣繼後。倘或至誠格天⓭，求得一子，江山有靠，豈不甚美？」

莊王聞奏，心中大喜，即時設朝，乃宣文丞相趙震上殿。分付⓮曰：「寡人無子，要往西岳求嗣，卿可命掌禮官備辦齊整，二月十九日朕與皇后親往行香，不得有誤。」趙震領旨，即差司祭司大使悉怛喃、紀善局承務郎支都二人前往西岳廟，點起僧道五十人，自二月十三日建醮起，十九日完滿⓯，皇帝親來行香。

二人領旨，乃急辦下成都錦⓰十疋，朱雀香五十斤，高麗紙⓱五箱，令支豬四隻，太和雞八對，曲

❾ 乖：背離；不一致。

❿ 果報：佛教教義名詞。指依業因而得的結果，稱為果報。或分開而言，果是相對因的結果，報是因緣而來的報應。

⓫ 羅天大醮：醮，音ㄐㄧㄠˋ。指僧道為祈福驅災而設的道場。羅天大醮是天子直接向上天祈禱的大道場。

⓬ 愆：罪過；過失。

⓭ 格天：古代統治者自稱受命於天，凡所作為，感通上天，叫格天。

⓮ 分付：即「吩咐」。

⓯ 完滿：指圓滿，沒有欠缺。

⓰ 成都錦：錦是一種以彩絲織出各種圖案花紋的絲織品。南朝宋山謙之丹陽記：「歷代尚未有錦，而成都獨稱

江魚十尾，衣綿龍荔、洞庭金橘、密雲小棗，水陸珍饈⑱，百般果品無不具備。二人帶領百數校尉搬運祭禮，竟奔西岳投下。悉怛喃將聖旨開了，宣讀已畢，只見岳廟住持⑲道士姓安道號志空，率眾徒弟接旨已了，即分付首班⑳弟子一齊打掃岳廟中殿，選集山前山後僧道教滿五十，頓時㉑勸起法器㉒，誦符請聖，建起無量清醮。真個是：

金鍾法鼓鬧喧天，揭帝㉓哆哪件件全。
僧道兩邊齊拜呪㉔，莊王果是結良緣。

妙，蓋始於蜀地。」

⑰ 高麗紙：亦稱「蠻紙」。以綿繭或桑皮製造的白色棉紙。色白如綾，堅靭如帛，書畫皆宜。原多產於古代高麗（今朝鮮），故名。
⑱ 珍饈：同「珍羞」。珍貴的食物。
⑲ 住持：佛教寺院主管僧的職稱。起於禪宗，也稱「方丈」。
⑳ 首班：猶首席、首腦。
㉑ 頓時：立即；立刻。
㉒ 法器：佛教舉行宗教儀式時所用的器具，譬如鐘、鼓、鐃、鈸、引磬、木魚等樂器及瓶、缽、杖、麈等器物。
㉓ 揭帝：佛教語。護法神之一。
㉔ 呪：禱告。

卻說莊王一連設醮七日七夜不歇。及到十九日清晨，莊王夫婦換了潔淨祭服，大將軍褚杰保駕，點起羽林親軍二百名，前後護持，來到岳廟下輦。掌壇道士志空俯伏接入皇帝夫婦，升殿將祭物擺開，悉怛喃讀祝文，支都行酒㉕，將莊王心事一一禱罷。志空復引入誠齋閣坐下更衣，眾僧道俱各叩頭已畢。莊王分付曰：「今日為朕之事，多虧了你眾人忙了七日七夜。朕若後日得子承繼，決不輕慢㉖你眾人。」分付已罷，乃將祭奠之牲分賞給與僧道去了。莊王同皇后及文武大臣一同治裝回朝，將朝內大小官員俱各平升一級，命光祿司設宴。於是夫婦退入後宮去訖。

虔誠秉璧拜西華㉗，夫婦惟求子克家㉘。
當日殺威難懺悔，特教三女佈毗伽。

㉕ 行酒：巡行酌酒勸飲。

㉖ 輕慢：態度輕忽傲慢。

㉗ 西華：仙宮名。對東華而言。東華是男仙所居，以東王公領；西華為女仙所居，以王母領。

㉘ 克家：本指能治理家族的事務。易蒙：「子克家。」後轉為能管理家業。故後把能繼承父祖事業之子稱為克家子。

第二回　岳神奏上帝

卻說岳神感受莊王齋醮，知莊王乃是嗜殺之君，不該有子，該注他絕後。只是他今日有這一點處心❶，亦當尋個善報與他。迺❷呼千里眼、順風耳二人，問曰：「今有莊王要求子嗣，如今那處有修善的人，可著他去降世報生，以救天下萬民苦難。一則不絕他之後，二則使善人得以救世，你可速查報來。」二人即挪開慧眼，提起真覺❸，遍聽遍觀天下一遍，乃即奏曰：「今有鷲嶺❹孤竹國❺祇樹園❻施勤長者，祖宗三代修行，吃齋好善，仗義疎財，濟人利物，德施不倦。今長者有三子：長曰施文，次曰施晉，三曰施善，俱皆持齋，把素修善。只因前日有西霞山強人王喆，帶有同夥❼三十人，被車觸國天兵殺得無處投奔，飢了數日，竟來施文家乞食。他兄弟三人知他是強盜，要餓死他，與民除害，故分文齋糧不與。

---

❶處心：猶居心、存心。
❷迺：於是；就。
❸真覺：真正究竟的覺悟，亦即佛的覺悟。
❹鷲嶺：山峰名。又稱「鷲山」。
❺孤竹國：商周時國名。在今河北省盧龍縣。
❻祇樹園：梵語。傳為釋迦牟尼去舍衛國說法時與僧徒停居之處。祇，音ㄑㄧˊ。
❼同夥：共同參加某種活動或某種組織的人。

王喆無可奈何，迺復與眾商議曰：『做也是死，不做也是死，如今這等飢餓怎生過得？』迺提起殺人心，展開放火手，仍轉車觸國，將一大戶戴德儒家打破，殺死男婦一百餘口，房屋火焚，財物擄搶罄❽空，怨氣沖入上天。司善土地❾奏過玉皇。玉皇大怒，說：『他三世救人，強人須不當救，但逼得他殺絕戴家，卻不明明是他假手❿？今速將他兄弟三人拿入神霄洞天⓫監禁，永不許他再見天日。』此係施家之事。今上聖要答莊王之醮，何不奏上天曹⓬，赦此三人罪過，著他投生以救凡世，豈不美哉？」

岳神聞奏說：「既有此人，我便修表去奏。」乃喚清風童子排備⓭法服，直入昊天金闕紫微⓮大帝階下，俯伏奏曰：「臣掌西岳，職糾人間善惡。今有興林婆伽王，四十無子，夫婦發心在本山建清醮七晝夜，祈求子息。臣查得祇樹園施文兄弟三人素行為善，而施善修行尤篤⓯，非二兄可及。三人只因不救王喆之暴，得罪天庭，已蒙監禁終身。臣今冒死上奏，乞陛下赦他三人前愆，轉男身為女身，次第投入伯牙氏腹內，限三年長短出世。復令施善不變夙心⓰，生即齋戒，後成證果⓱，以善度塵世。一則使

---

❽ 罄：音ㄑㄧㄥˋ。器中空，引申為盡、完。

❾ 土地：神名。指掌管、守護某個地方的神。

❿ 假手：借別人的手來達到自己的目的。

⓫ 神霄洞天：道教謂九天中之最高者。

⓬ 天曹：道家所稱天上的官署。

⓭ 排備：安排，準備。

⓮ 紫微：即紫微垣。星官名，三垣之一。

⓯ 篤：真誠；純一。

婆伽王無子有女，惡僅及身而止；一則使施善歷代之善得大庶於世。臣無任下情，統祈垂聽之至。」

玉帝當時聞奏大悅，即分付北斗降生神急領其事，將三人一時俱皆釋放，把三個真魂⑱付與北斗，帶去婆伽王宮中，著本宮土地投託。正是：

湛湛青天不可欺，未曾舉意我先知。
善惡到頭終有報，只爭來早與來遲。

⑯ 夙心：平素的心願。

⑰ 證果：佛教語。即指經過長期修行而悟入妙道，得覺悟之果，譬如涅槃即是一種證果。

⑱ 真魂：靈魂。

第三回　妙善公主降生

卻說光陰迅速，日月如梭。莊王自設醮求嗣以後，不覺瞬息三年，指望生一男子接續宗枝，誰知宮中彩女每夜聞得異香滿室，霞光遍宮。初生一個乃是公主，取名妙清，莊王心中甚是不悅。及至二年，復生一胎，又是公主。莊王分付宮人將❶去淹死，眾臣知得，連忙保勸，莊王不得已，權叫奶婆洗❷起，取名妙音。及至三年，皇后復有吉叶❸，莊王指望必生太子，誰知卻是施善托世。宮人報說又是一個公主，莊王當時悶悶不樂，乃對丞相趙震曰：「寡人如今五十已過，止生三女，江山一旦休矣。只是可惜我一生汗馬之勞付之流水，教我如何死得瞑目？」趙震乃勸曰：「兒女乃天排定，非人力所能為。我王善保龍體，且待三公主長成，選擇三個駙馬，待我王萬歲之後❹，揀擇誰可托得江山者，便把後事盡付與他就是。帝王有子亦不過使他承先繼後，無子而讓於女婿，使吾王世世代代得享祭祀，亦如有子一般，何必過慮？臣記昔日堯舜❺皆讓於賢，豈不是如此？」莊王聞趙震之勸，其心始寬，迺命宮人養起，取

❶ 將：拿；取。
❷ 洗：舊時嬰兒出生後三朝洗身。
❸ 吉叶：指懷孕。
❹ 萬歲之後：指古代帝王死的諱稱。

名妙善。生後行止動靜絕與兩個姐姐不同，口即齋素，心即好善，尤善修行。

一日，姊妹三人入長春花園閑玩。妙清笑曰：「我姊妹今日上籍父王庇廕，下得母親教育，清閑無事，得在此遊戲。但不知常常得如是也不？」妙音答曰：「姐姐差矣！即如人家小時是兄弟，大時各鄉里，況我等俱是女子，一旦及笄❻，父王把我適❼與他人，你東我西，焉得長能如此聚首？」只有妙善笑而不應。妙清問曰：「妹妹笑而不答，其故何也？」妙善曰：「依小妹之見，人生富貴榮華，如瀆❽水朝露，霎眼不見。且如做皇帝的是至尊無對，誰不思量萬年長久，那知廢興存亡不移時而即變。自三皇❾至此不知更了幾朝幾代，當日之威福今何在哉？至親莫如父母、夫妻、子弟，反到一旦大限❿來時，你說顧得顧不得？至愛莫如田地、家業、財寶，一旦無常⓫，你說守得守不得？小妹今日也不願榮華夫婦之樂，只願尋一所乾淨名山好去處修行。倘一日修得出頭，成個善人，那時騰身北極，翹足南溟⓬，

❺ 堯舜：唐堯、虞舜，遠古部落聯盟的首領。古史相傳他們為聖明之君，而且他們都禪位讓賢，沒把王位傳給兒子。

❻ 及笄：女子年滿十五為及笄，後指女子成年。笄，音ㄐㄧ。髮簪。

❼ 適：女子出嫁。

❽ 瀆：江河大川。

❾ 三皇：傳說中的上古三個帝王。其名傳說不一：⑴伏羲、神農、黃帝。⑵伏羲、神農、女媧。⑶伏羲、神農、燧人。⑷伏羲、神農、祝融。

❿ 大限：壽數；死期。

⓫ 無常：人死的婉詞。

昂頭東海，轉眼西隅，上則度得生身父母超昇天道，中則救得人間苦難貧寒，下則化得凶神惡鬼不興殃祟⓭，則小妹之分頭足矣，二位姐姐何必多求？」

精心默禱格穹蒼，弄瓦⓮何期作弄璋⓯。
總為施勤三子善，他年南海法無量⓰。

⓬南溟：即「南冥」。南方大海。
⓭殃祟：禍患累計，指為害。
⓮弄瓦：詩小雅斯干：「乃生女子，載寢之地，載衣之裼，載弄之瓦。」瓦，紡塼，古婦女紡織所用。後因稱生女為「弄瓦」。
⓯弄璋：詩小雅斯干：「乃生男子，載寢之牀，載衣之裳，載弄之璋。」璋，謂圭璋，寶玉。詩意祝所生男子長成後為王侯執圭璧。後因稱生男為「弄璋」。
⓰無量：無法計算。謂數量極多。

第四回　朝中招選女婿

話尚未畢，只見數個彩女忙入園中，說聖上有旨，今日朝中大設筵宴，將大公主、二公主招贅❶新科文武狀元為婿，速入更衣，勿得有違。三姊妹聽罷，即時歸宮。

且說新科文職狀元，姓趙名魁，字得達，洒實應人氏，父震現為當朝丞相。莊王見他人才出眾，文學超群，即將長公主妙清招他為東床❷女婿，頓時造起駙馬府。又有新科武舉狀元，姓何名鳳，字朝陽，洒河東人氏。少年奮志，一十八般武藝件件慣熟❸。莊王又將第二個公主妙音招他為西府駙馬。當時金榜題名，洞房花燭，一代君臣，百年姻眷，慶喜筵席，載笑載歌，此樂真人間罕有也。

今日莊王壽屆六旬，天壽皇節。趙魁與何鳳商議曰：「我二人宿緣有幸，今喜連襟❹，同寅❺協恭，共扶社稷，且喜皇上今值六旬壽誕，我等合該同公主上殿祝壽遞觴。」何鳳曰：「姨丈所言正合愚見。」

❶招贅：招女婿。
❷東床：指女婿。
❸慣熟：熟悉。
❹連襟：姊妹丈夫之互稱或合稱。
❺同寅：猶同僚。

迺備賽蟠桃一盒，久藏瓊漿二壺，同二位公主娘娘一同把盞。莊王當時喜女婿冰清，外翁❻玉潔，又是華誕，不覺飲得酕醄❼大醉，轉入神寧宮坐定。舉目一看，只見大公主、二公主俱不在側，銀燭煌煌，隻身孤影，心中猛省起來，說道：「我招他二人為駙馬，迺是半子❽，緩急❾不離左右。誰想他身戀夫婦之樂，將我撇得不瞅不睬，此人如何把得大事？若是今把江山付與他管，一發不睬我了。如今只有三公主在身，未曾招人。今日務要招個有恩有義真真當得半子的在我身傍，然後把天下大事交與他掌管。那時我退入養老宮，做個太上皇，我願方足。」迺呼太監懷安曰：「汝可接娘娘來，我有大事與他商量。」懷安忙入乾清宮，宣得皇后到來。莊王曰：「寡人今日賤辰，娘娘將何為壽？」伯牙皇后跪進曰：「梓童別無他壽，只願妙善他日招個孝順女婿，時時在宮中伏事我王，妾方滿心滿意。」莊王曰：「爾言正合朕意。」迺分付彩女：「爾可去景梅宮請三公主到此。」但見彩女不移時❿宣得三公主來到，叩頭山呼⓫已畢。且聽下回分說。

萬里江山胤子⓬慳⓭，欲招三婿顯門闌⓮。

❻ 外翁：指岳父。
❼ 酕醄：音ㄇㄠˊ ㄊㄠˊ。大醉貌。
❽ 半子：指女婿。
❾ 緩急：指危急之事或發生變故之時。
❿ 不移時：不到一個時辰，猶言不一會兒。
⓫ 山呼：封建時代對皇帝的祝頌儀式，叩頭高呼「萬歲」三次。

誰知妙善生來拗，不戀東床戀鷲壇⓯。

⓬ 胤子：子嗣；嗣子。胤，音ㄧㄣˋ。

⓭ 慳：音ㄑㄧㄢ。欠缺。

⓮ 門闌：借指家門、門庭。

⓯ 鷲壇：借指佛教。

第五回　妙善不從招贅

卻說莊王問曰：「我養汝三姐妹三人，母桂雖然茂盛❶，但終是女子，何以掌管山川？吾聞昔日曾有堯禪舜位，我今見你兩個姐姐都成親，我今宣你來別無他說，將你欲招女婿，嗣位❷東宮，付托後事。你說還是要招文狀元、武狀元？」妙善即俯身奏曰：「父王聖旨，敢不聽從？但孩兒身心主意不同，各有所志，願父王見容。」莊王曰：「你且說來。」妙善曰：「孩兒不願婚姻，只願修行學道。若得果證菩提❸，不忘養育之恩。」莊王聽罷，大怒曰：「這潑尼子又來作怪，朕為一國之主，萬姓之尊，見識倒不如你？那有皇帝公主好人不做，去做尼姑？」妙善復奏曰：「天下大器❹，誰人不愛？夫婦快樂，誰人不喜？只是孩兒素性只願修行，任他一切榮華，兒心全似如冰炭不入。父王真若縈心❺孩兒，初心❻

❶ 母桂句：意為孩子雖然不少。
❷ 嗣位：繼承君位。嗣，繼也。
❸ 菩提：佛教名詞。梵文 Bodhi 的音譯。意譯「覺」、「智」、「道」等。佛教用以指豁然徹悟的境界，指佛的最高智慧。
❹ 大器：寶器。
❺ 縈心：指牽掛心間。
❻ 初心：初發心學佛。

不肯改。」

莊王起身怒欲笞❼之，妙善乃勉強假應之曰：「父王苦苦要兒招婿，兒情願招個醫士也罷。」莊王曰：「天下英才多少，汝偏不要招，卻要招醫士，汝心下是何主意？」妙善曰：「兒招醫士非有別意，只要醫得天下無萬頹之相，無寒暑之時，無愛欲之情，無老病之苦，無高下之相，無貧富之辱，無你我之心，盡得吾意，佛果菩提，不選日時結成夫婦。此則兒之願也。」莊王聽罷，怒氣沖天，罵道：「這個妖精一發對人前空說鬼話，叫直日❽內使何陶過來聽令。」何陶跪下稟曰：「陛下有何發落？」莊王曰：「無奈這尼子忤旨，你可將他錦衣剝下，取御棍打出，禁在後園，待他凍餓而死，免得掛朕心懷。」內使承旨，盡將衣冠剝下。妙善叩頭拜謝，竟自往後園修行去了。

不聽招親忤二親，後花園內受孤憐。
衣冠禮服都剝去，一旦翻成越路人❾。

❼ 笞：音ㄔ。用鞭子、杖或竹板打人。
❽ 直日：值日；當班。亦指值日當班的人。
❾ 越路人：路上過往的陌生人。

第六回　妙善後園修行

卻說妙善來到園中，甘心淡薄，一意修行，與明月為朋，與清風為友，逍遙自在，無礙無拘，全忘卻宮中之樂，足以易此之樂。忽一日，皇后思念公主不置❶，迺差御前彩女嬌紅、翠紅二人入園探問消息。二人見公主初心不改，即跪下勸曰：「奴婢稟告公主娘娘，俗語云：世間風流事，無過夫婦情。何不回宮招取駙馬以圖快樂？立志修行，成得甚事？況且迺是王宮之女，玉葉金枝，羅綺千廂，富貴第一，何必苦戀空門❷，吃此黃虀❸淡飯，成甚勾當❹？」

妙善曰：「你等那裡曉得我心裡事，富貴豈在羅綺，有道希罕。皇帝今日送我在園中，如離火坑，感謝三光❺，今日纔得隨心滿意修行。正是：長空雲散清如洗，天地春回萬象新。你們每每花言巧語，在此絮絮聒聒做甚？何不早早回去，休得在此胡纏！」

❶ 不置：置放不下；不捨。
❷ 空門：泛指佛法，佛教的別稱。佛教認為「諸法皆空」，以「悟空」為進入涅槃之門，故名。
❸ 虀：音ㄐㄧ。用醋、醬拌和，切成碎末的菜或肉。
❹ 勾當：事情。
❺ 三光：指日、月、星。又或指日、月、五星。

二宮女畏懼公主，只得叩頭諾諾而歸。妙善見宮女去了，歡然笑曰：「這賤人去了，且喜這園內並無憂慮，幸有白雲明月為伴，真如神龍得水，猛虎逢山，不免拿香案過來，拜告天地，伸奴一點誠意。」安排已了，深深拜曰：

焚香祝告王天廷，園內修行鐵石冰。
奴年方十有九歲，父母偏將奴結親。
奴見地獄千般苦，不願將身去嫁人。
愛慾般般都放下，三途八難❻永除根。
錦繡羅衣披麻績，全身淨盡滅紅塵。
出門一步乾坤闊，逍遙自在感天恩。
清風明月常為伴，垂楊綠柳好藏身。
千般快樂渾不喜，一心只要道完成。
若得奴身成正果❼，魚逢綠水現金鱗。

❻ 三途八難：這裡指不利於得道的世俗劣性。三途，佛教語，即火途（地獄道）、血途（畜生道）、刀途（餓鬼道）。八難，佛教語，難，謂難於見佛聞法，凡有八端，故名。即地獄、餓鬼、畜生、北拘盧洲、長壽天、盲聾瘖啞、世智辯聰、佛前佛後八種。

❼ 正果：佛教語。修道之人有所證悟，謂之證果，因與外道的盲修瞎煉有別，故曰正果。

第七回　莊王夫婦園中勸女

卻說妙善參拜天地已了，收拾香案，臥房歇息。不想皇后見兩個大公主夫婦倡隨如願，快活無邊，陡然想起妙善後園受苦，止不住兩淚紛紛。叫嬌紅問曰：「你前日去勸公主，他如何回復？」嬌紅說：「公主修行心如鐵石，全不聽勸。」皇后曰：「大公主招文，二公主招武，何等快樂。偏是妙善古怪，一心只要修行，父王發怒，逐出花園，卻要凍餓死他。我痛思骨肉，憂憶成病。昨日合宮商議，待君王回宮，哀告乞赦孩兒之罪。你在宮外伺候回話。」

卻說莊王朝散歸宮，嬌紅慌忙稟曰：「聖駕已歸，娘娘可速迎接聖駕。」皇后鞠躬接入宮內，只見莊王眉頭不展，臉帶憂容，悶坐龍椅。皇后奏曰：「陛下往日入宮無限歡喜，今日緣何蹙奈煩？朝內有何事關心，臣妾合當分憂。」莊王曰：「妙善拗性，前日不聽朕言，被朕貶禁，囚於後園。朕思想起來：『猛虎猶護子，毒蛇也愛兒。』自家骨肉，安忍禁囚園內？況朕又無五男七子。早晨聽得中散大夫許智他倒有五男二女，昨日又添一子，眾官都賀他。我為萬乘❶之君、四海之主，反不如也。朕心安能歡喜？」皇后曰：「父母見識大底相同。自家兒女怎不愛惜？從今只要改過前非便罷。」莊王曰：「既是梓童這等說，我和你同去園中，以賞玩為由，帶那不孝子回宮便了。當值懷安哪裡？」懷安叩頭稟曰：「萬歲

❶ 萬乘：萬輛兵車。古時一車四馬為一乘。這裡指帝王、帝位。

有何使令？」莊王曰：「汝可護駕到後園去來。」

懷安喚嬌紅、翠紅一同悄悄步入園中。只見妙善正在那裡看經念佛，見聖駕已到，慌忙接入。坐定，莊王問曰：「我兒前日忤旨，老父不覺❷一時性起，懈❸爾在此。今朝爹娘放心不下，故又來勸爾回宮，早招佳婿。」妙善稟曰：「兒願出家修行，不願在家嫁人。故今日在園中看經禮佛，無非為出塵凡之計。老爹娘莫管兒。」莊王又小心勸曰：「我兒當三省❹後行，神仙姑誣佛法苦空世上。」只聽得又說：「孩兒不要苦苦執迷，早早同我回宮，招選佳婿，掌管我萬里江山，免得我老爹娘後無結果。」妙善聽罷，只不做聲。皇后又勸曰：「吾今無子，止生汝姐妹三人。爹爹年老，再無別親。汝可回心轉意，再不可執迷如前。倘不甘聽，爹爹怒起，那時汝進退無門，我老娘再不顧你了。」妙善聽了母親叮嚀，即哭倒在地，叩頭稟曰：「修行是兒素心，招贅非兒所願。兒思想：人生百歲，為歡幾何？若不早早修行，一旦無常，墮落凡劫，不得輪迴❺，那時對誰哀告？望爹娘及早轉宮，丟兒莫念，奉養則有大姐、二姐可托，比如不曾生得孩兒一般。伏乞爹爹大開恩宥❻，容兒於此修行，不勝成藏。若苦要兒負卻初心，天日在上，寧甘萬死，不願在世。」莊王忍怒，復勸曰：「凡為人子，不遵父命，是為不孝。我想，為僧

---

❷ 不覺：不反悟；不覺悟。

❸ 懈：疲困；鬆散。此處指冷落。

❹ 三省：省察三事。

❺ 輪迴：佛教語，原意是流轉。佛教認為眾生各依善惡業因，在三界六道（天道、人道、阿修羅道、地獄道、餓鬼道、畜生道）中死生交替，如車輪般旋轉不停，故稱。

❻ 恩宥：降恩寬宥。

道的蓋是懶惰孤貧，像苦下流求食度口之人。我兒決不可學他。」妙善再奏曰：「兒聞三世諸佛❼、今古明賢皆捨五慾❽成等正果，普濟天下人間。天下終不然都是下流之人。」莊王聽罷，對皇后曰：「罷罷，梓童，我和汝歸去，管他妖精則甚。」說罷，飄然歸宮去了。

妙善見父母已去，迺微微冷笑，向支機石❾上蟠坐，念經不輟。聽下回分解。

拘禁花園誦佛經，拋開愛慾煉精金。
清風明月無邊趣，聖旨雖嚴不易心。

❼ 三世諸佛：佛教謂過去、現在、未來三世，各有千佛出世。過去佛為迦葉諸佛，現在佛為釋迦牟尼佛，未來佛為彌勒諸佛。

❽ 五慾：佛教教義名詞。五慾指為了追求色、聲、香、味、觸五種「物境」而起的五種情欲。亦用以指財欲、色欲、飲食欲、名譽欲、睡眠欲。

❾ 支機石：傳說為天上織女用以支撐織布機的石頭。

第八回　彩女承旨勸公主

忽二彩女入園稟曰：「今有大公主、二公主特來拜訪。」言未畢，只見妙清、妙音雙雙同至。妙善連忙作禮曰：「今日不知二位尊姐到此，有失迎候。」妙清曰：「我姐妹每多時不見賢妹，心如刀割。又聽得爹爹把妹子拘禁在此，我二人心中十分不安。今日特來接你回去，同享榮華，免得在此孤恓冷淡，無了無休。」妙善答曰：「姐姐言之有理，但姐姐僅知其一，不知其二。修道之事，昔年花園遊玩已見大意，到今日禪心入定❶，叫我與二位尊姐同意觀如拒敵死幽關頭，我已勘破了大半。今言姐姐來看我則可，若說勸我，海枯石爛，我心決不從汝之勸。二位賢姐姐及早歸去。小妹出家，後日若得功成正果，先度雙親，後度二位姐姐同登淨土❷，有何不可？今日雙親譬如不生小妹一般，多多借言拜上。」妙音復勸曰：「妹子差矣，人生青春易過，容顏易改，及早回心，招了親事，一生快樂，何須做這等勾當？」妙善曰：「姐姐你那裡曉得，蟾蜍無返照之光❸，玉兔有伴月之意❹。探盡龍潭海藏，天堂地獄任君去

---

❶ 入定：入於禪定之中。佛教語。謂安心一處而不昏沉，了了分明而無雜念。

❷ 淨土：佛教教義名詞。乃大乘佛教傳說佛所居住的世界，是無五濁（劫濁、見濁、煩惱濁、眾生濁、命濁）垢染的清淨世界，與世俗眾生居住的世間所謂「穢土」、「穢國」相對。又稱「淨剎」、「淨界」等。

❸ 蟾蜍句：蟾蜍指月。發出的月光決不會收回。

行。我今情願，離恩割愛，一心學道，望姐姐且莫多言。」妙清亦怒罵曰：「以你這等愚癡下賤，枉生伶俐，不聽忠言勸諫，只怕你頓時受苦在後。」妙善曰：「姐姐免息雷霆之怒，我與你身同意不同，汝自思天子之富貴，管我則甚？」二人聽罷，乃飄然拂袖回歸。妙善看見二人去了，依然念經不歇。

皇后自那日從園中歸去，十分憂悶，百計不能得兒女歸去。迺稟過莊王，再差彩女嬌紅、翠紅復往園中見三公主，進言勸曰：「天下無不是底父母。娘娘修行固是好事，學道法不若學人倫❺，夫婦人倫娘娘當熟悉之矣。今娘娘在此，若執意不回，小奴婢奉上聖言，特來請歸府中，招選駙馬，由不得娘娘肯不肯，我二人擡也擡得汝去。」妙善大怒。罵曰：「汝這奴婢，輒敢如此？我若不看敕命❻面，決不輕輕放汝。汝去多多拜上父王，我今只願修行，今後汝等再不可來亂言亂道。」嬌紅曰：「娘娘既然如此，奴婢想此地修行亦非長久之計。」妙善曰：「我已籌之熟矣，我今欲往汝州❼龍樹縣白雀禪寺，有五百僧尼，請正行道。煩汝等與我奏過父王。若得此處修行，後當報你。」嬌紅曰：「娘娘請自在，奴婢竟歸宮中奏知便了。」又聽下回分解。

修行一念本生成，甘向花園禮佛經。

---

❹ 玉兔句：傳說月宮中有白兔長年在其中搗藥。此句與前句意指人皆各有所好，不可強求改變。
❺ 人倫：封建禮教所規定的人與人之間的關係。特指尊卑長幼之間的等級關係。
❻ 敕命：命令。多指天命或帝王的詔令。
❼ 汝州：地名。以州境內有汝水而名。漢梁縣，自唐以來名稱歷有變更。

拂拂香風花影亂，團團夜月柳陰清。
親言絮聒空克耳，婢語嘮叨枉送情。
白雀寺中聞大覺❽，道高俯仰鬼神驚。

❽大覺：佛教語。謂正覺，即佛的覺悟。

第九回　妙善往白雀寺

卻說莊王為妙善之事終日只是放心不下，盡付國政不理，專在宮中聽彩女回話。只見嬌紅二人忙忙到宮，回話曰：「奴婢奉命到園中，再三勸解，誰知公主決不回心。他說今有白雀寺，寺中有五百尼僧出家所在，正好修行，教奴婢奏過我主，他今要往那裡修行，明日入宮來拜別便去。」莊王聞奏，說道：「果是這等，待我將計就計，因❶風吹火，用力不多。」一壁廂❷差人分付白雀寺僧尼勸他回來，若勸他不轉，好生治罪。今就傳聖旨到園中，詔他到殿前，拜別之時，再將言語留他，又作區處❸。

內使懷安領旨，即到園中奏曰：「主上說公主在此處難煉丹，宣娘娘入宮，好送去白雀寺任意修行，切莫久延於此。」妙善聞旨，不勝欣喜，說道：「今日纔稱吾心。」即時隨內使轉到宮中，參拜父王。說：「奉爹爹之命，往白雀寺修行，就此別吾父母前去。」莊王曰：「孩兒自這等癡呆，老父寤寐❹不安，飲食不寧，遣使宣兒回宮做個好人，今我孩兒反好學道。」妙善曰：「爹爹差矣。常言道：一言既

❶因：藉著；順。
❷一壁廂：即一壁、一邊、一旁。
❸區處：分別處置，安排。
❹寤寐：醒時與睡時，猶言日夜。

出，駟馬難追。要天下萬民信服只憑一語。今日為何言顛語倒，哄弄孩兒？」莊王大罵曰：「潑賤無知，不依吾言，苦要修行，且看你怎生結果？」妙善曰：「爹爹暫息雷霆之怒，恕卻孩兒不孝，今朝別去，有日功成，便來救度父母。」言罷，便叩頭八拜，竟出金鑾而去。

拜別雙親去入禪，洗心滌慮怎遲延。
空門廣布修行事，便是逍遙自在仙。

第十回 寺中神將助力

妙善既下了殿，不管認得路不認得路，望直向前便走。宮中妙清、妙音知得，總率百官、彩女、內使一同趕來，苦口扯住，再三苦留。妙善憑他說得口生蓮花❶，只是不聽，拜辭便走。二公主哭回宮中去了。

當時妙善起頭一看，只見文武百官及五軍都督俱跪在地上送行。妙善曰：「不勞卿等遠送。爾等回朝俱要盡忠報國，休獻讒佞。為文者論道經邦，為武者運籌決勝❷，保護邊方，便是你等職業。」眾臣齊奏曰：「臣等尚有一言冒犯，啟上娘娘，不一恕罪。」妙善曰：「眾卿有何議論？」眾臣曰：「臣聞上古行孝為先，背親出家，一何行？奉何佛？只在宮中孝親順父，強如出家，出頭露面，被人笑話。臣等愚不諫賢，煩公主回心。只要言行相符，孝弟忠信，勝似修行。」妙善曰：「眾卿聽我道：凡人在世，輪迴難免。我身心各有所見，汝等為文者輔佐君王，為武者忠心報國，莫負平生所學。為臣子與出家，各人立意不同，再休多言。卿等回去，借言拜上父王，休要牽掛孩兒。一朝道果緣成，定來相見。如今我路須生，既出了家，身且不顧。信步行將前去，何怕他凶山險水、虎豹豺狼。我今隨路只借問白雀寺

❶ 口生蓮花：形容語言婉轉動聽。

❷ 為文者二句：這裡的「論道經邦」、「運籌決勝」說明文武官員各司其職、各顯其能，共同謀慮治國。

便了，你眾卿俱各早回，再不消遠送。」

辭父拋娘出外鄉，尋思禮佛實為強。
若還參得玄機❸透，不管山遙與路長。

妙善在路饑食渴飲，曉行夜宿，不覺一日早近白雀寺邊。卻說此寺創自軒轅皇帝❹，內有五百尼僧。掌管尼僧名喚夷優，係是土羅國女子出家，道果行高，無不宣敏。聞得莊王有旨叫他轉路。乃叫徒弟鄭正常、聞法海分付曰：「今有三公主與國王不和，罰到我寺中，要我等勸他回心轉意，招取駙馬。今日到來，大家且去迎接，看是如何。」

只見妙善看看來到山門❺，夷優同二個徒弟叩頭迎接。妙善連忙答禮曰：「奴家今日特來出家，眾師父何勞下禮。望師父引我參拜如來。」夷優乃引到殿上，命徒弟焚香，撞鐘打鼓。參拜已畢，妙善下殿到法堂上，請師父參拜。夷優曰：「公主是國家金枝玉葉，荒山盡是庶民貧賤女子，到此修行不當穩

---

❸ 玄機：深奧微妙的義理。

❹ 軒轅皇帝：傳說中的古代帝王黃帝的名字。傳說姓公孫，居於軒轅之丘，故名軒轅。後人多以之為中華民族的始祖。

❺ 山門：佛寺的外門。寺院多居山林之處，故名。一般有三個門，象徵「三解脫門」（空門、無相門、無作門），故也稱「三門」。

便，老身安敢受公主之拜？」妙善曰：「學道在心，豈分貧賤？不拜師父，何以出家？」夷優曰：「公主莫不是星辰反亂，不順父王，假來出家，見人之過，毀佛謗法。如何宮中不招駙馬，受風光豈不妙哉？老身每在此穿破衣、吃薄粥，冷冷清清，有何好處？」妙善曰：「眾師父聽我道：吃粥心清爽，寂寞寤寐安。寶剎五百尼僧也有富貴之家，聰明智慧，端嚴灑落，少年出家。終不然你也叫他嫁人，叫他還俗？我今特來與你同伴出家，共祝聖會，你反來勸我。原來汝等只圖風光過日，不管生死之因乎？」

夷優曰：「非老身敢說此話，因聖旨教勸公主回宮。如若不勸回來，要放火燒寺。以此苦言勸化。」妙善曰：「汝等亦非出家之道，若論出家道理，不怕生死災患才成正覺。任他來燒，煩惱則甚？」夷優曰：「公主見誠差矣，終不然為一人累及五百僧尼同你受苦。老身住持三十餘年，未嘗惹半分橫事。公主與父王鬥氣，於我有甚相干？」妙善曰：「眾師差矣。自古僧有六和❻五德，出家之道行也。古聖之道，有捨身飼虎者，割肉飼鴿者，有燃燈為炬者，有捨身截手足者。汝等惜身養命，貪戀未除，如此修行，乃利己傷人，非是釋子❼之禮也。未來燒寺，先自恓惶❽，想你全無達道之意。」

鄭正常、聞法海對師父曰：「古牛有胎，養子不下，將他割開。如今他左來右答，右來左答，說他不過，我們如今且去難他。」告公主知道：「你莫說出家清閑自在，不分貧賤皆當受我差使，要你同去廚中理事，物用❾自當勤謹。廚下完備，又要燒火換水，五百尼僧沐浴等畢，然後上堂。如有一些不合，

---

❻ 六和：即大乘佛教所說的六種和敬法，在身、口、意、戒、見、利六個方面表現和敬。

❼ 釋子：佛弟子、僧徒的通稱。取釋迦弟子之意。

❽ 恓惶：煩惱不安貌。恓，音ㄒㄧ。

大的刑杖，小的竹笞，一頓打出山門。這等稟過在先，任從你可行則行。」妙善曰：「耳心自受，任從差遣，奴當其前。」夷優曰：「既然如此，你來皈依了佛。」妙善乃跪對如來⑩，言曰：「皈依諸天佛，奴身願出家，望乞慈悲憐念，一任紅塵亂似麻，奴身永遠不戀。」夷優曰：「你來皈依了法。」妙善乃對天跪曰：「皈依清淨法，奴身不染塵，願向空門戀道，心永不思宮壼⑪。」夷優曰：「再來皈依了僧。」妙善乃對師父跪曰：「皈依大眾，差使自當撐亦事，從頭拱聽經，永無愁慮生。」

只見妙善一點慕道真心上達玉皇。玉皇乃召太白金星⑫分付曰：「今有下方莊王女子，不喜榮華，情願修行。如今父王把他在白雀寺中受苦，那妙善粗使細務盡身所便，如此勞碌並無怨恨之心。若不救他，有失好生之德。你可分付三官⑬、五岳⑭、八部天龍⑮、伽藍⑯、土地速去代伊之勞，再差東海龍王廚邊開井，猛虎黑夜送柴，飛禽朝朝送菜。諸事盡發，天神護持，使他得安心慕道，不得有違。」太

---

⑨ 物用：百物器用。

⑩ 如來：佛的別名。如，謂如實。如來，即從如實之道而來，開示真理的人。又為釋迦牟尼的十種法號之一。

⑪ 宮壼：指內宮。壼，音ㄎㄨㄣˇ。

⑫ 太白金星：神名。

⑬ 三官：天官、地官、水官三帝的合稱。

⑭ 五岳：指泰山、衡山、華山、嵩山、恆山。

⑮ 八部天龍：即「天龍八部」，乃佛教中守護佛法的八種神怪，分別是：天、龍、夜叉、乾闥婆、阿修羅、迦樓羅、緊那羅、摩睺羅伽。

⑯ 伽藍：「僧伽藍」的略稱。指寺院的護法神。

白金星把玉旨傳下白雀寺中，諸神各各供命。正是：

一點真心格上蒼，諸神領旨各奔忙。
果然作善來天眷⑰，白雀如來不可量。

⑰ 天眷：上天的眷顧。

第十一回　莊王火燒白雀寺

卻說夷優見妙善在寺得神力之助，乃喚徒弟鄭正常商議曰：「自從公主到此，勸他不回，罰他廚頭辛苦。誰知六丁❶神將上香，八洞❷神仙獻果，伽藍、土地打掃廚下，龍神開井，灶頭猛虎運柴，飛禽送菜，黃昏鐘響。有此異事，想是神力助他。你入朝去奏上國王，取他回去，免得在此生災作禍。」鄭正常曰：「徒弟即便去奏。」乃到殿上把上項異事一一奏上。莊王聽奏大怒，曰：「有此等怪？你且回寺，我明日便來取他。」鄭正常退去。

莊王即召五城兵馬司忽必力入朝，分付曰：「你可來日點起五千兵馬往白雀寺，不許走漏一人，將火焚了，即來回話。」忽必力領了聖旨，出到教場，點起五千兵，星夜把白雀寺圍繞二匝，水洩不通，一齊放火。只見五百尼僧無有生路，在內號天叫地：「今日焚寺，公主自己之事，連累我眾人死得可憐。」妙善對僧尼眾曰：「火焚寺實我之災。」乃跪天告曰：「靈山❸世上弟子莊王之女，你是輪王❹之孫，

❶ 六丁：道教傳說中的六位丁神。分別是丁卯、丁巳、丁未、丁酉、丁亥、丁丑，皆為陰神，為天帝役使，能「行風雷，制鬼神」。

❷ 八洞：原指道教神仙所居住的洞府，有上八洞、中八洞、下八洞諸稱。後泛指神仙或修道者的住所。

❸ 靈山：位於摩竭陀國。舊稱耆闍崛山，又稱靈鷲山，因山形似鷲，且山上多鷲，故名。

不救小妹之難，你離王殿，我離王宮，你向雪山修道，我向白雀修行，普救世間之苦，何為不護我今日之災？」因拔竹簪口中刺血，望天噴去。只見一段精誠感動天地，須臾烏雲四起，紅雨淋漓，煙消火滅，滿寺俱得死中復生，都來拜謝公主活命之恩，忽必力見事不諧❺，慌忙轉朝，奏過莊王。莊王怒氣未息，又差忽必力提兵再去，鎖來朝中問罪。忽必力承旨，帶領軍校蜂擁而去。

轉過伯牙皇后，叩在丹墀❻，奏曰：「妾想平昔眷屬之寵，今朝不顧身命，逕造聖前，乞賜恕罪，所有小女愚癡，納妾一計。願我王如有便道之所，立結彩樓，妾同二女並駙馬在樓上百般歌宴。拿妙善從樓下遊過，他見如此富貴，敢❼有回心，免得骨肉分離，未知聖意如何？」莊王聽罷曰：「依卿所奏，就著該衙門知道，搭起彩樓日，勸回公主。」但見營繕司赫連赤領奉聖旨，結起彩樓。皇后娘娘、公主、駙馬、嬪妃、彩女同上樓中，百樣笙歌，百般快樂，將為可以勸得我公主回心。誰知妙善心如精金烈火，百煉不磨。當被軍校鎖押過樓，忽必力稟曰：「公主娘娘，你為何受這般苦楚？你看彩樓上歡聲鼎沸，百般快樂，何不回宮招婿，免受禁持❽？」妙善曰：「我一身生在人世，本心不愛榮華。如今視死如歸，只是未曾還得雙親養育之債，他何念哉？」

---

❹ 輪王：「轉輪王」的略稱。因手持輪寶而得名。此王轉輪寶而降伏四方，宣揚佛教真理，開導眾生，使之離苦得樂。

❺ 不諧：不成。

❻ 丹墀：指宮殿的赤色臺階或赤色地面。墀，音ㄔˊ。臺階上的空地；臺階。

❼ 敢：恐怕；或許。

❽ 禁持：折磨；使受苦。

須臾之間已押到法場，只見眾臣擺開祭禮，那妙善已綁在場上。眾臣奠酒讀祭文曰：

伏維興林妙莊王十六年，歲次甲申，七月朔❾日，國親臣等謹以清酌之奠，敢昭告于公主前而言曰：嗟乎！公主秉性貞純，操行淑順，不貪富貴之榮，惟思苦空之樂。有量吞天，無心世混。斗轉星移，人非物換。為生不順於父母，故死不得乎正終。青春虛度，白日損昏。花綻遭風，燈明掩寐。逼赴重泉，形如朝露。特送雲程，鑒納不備，尚饗❿。

其眾臣祭罷，俱各大淚。妙善只是低頭閉口無一語。

俄頃，內臣忽報聖后登臨，眾臣正於法場焚香，恭迎聖后到此。聖后曰：「今你卿士等既已祭畢，請各回朝，以便我分付。」娘娘曰：「你這回好好依我做娘的說，回宮招選佳婿，免致這樣出頭露面受這淩辱。你若不遵，遽然⓫受死。你若死後，教我怎生捨得母子今日分離？」妙善聽母之言，面無改色，只是閉口低頭不語。

俄而皇帝有詔，促母后回宮。俄而內臣人傳聖旨到，言皇帝憐妙善苦楚，赦他死罪，詔回冷宮囚禁，別作施行。妙善起來對內臣說：「父王好沒道理，要殺便殺，何故又來促回冷宮囚禁？」內臣曰：「三

---

❾ 朔：用以稱舊曆每月初一。

❿ 尚饗：舊時用作祭文的結語，表示希望死者來享用祭品的意思。

⓫ 遽然：驟然；突然。

公主，死門難向，常聞子孝父慈，何故苦苦執迷？」妙善曰：「他只把死來挾制我，除了死不怕，且看他如何擺佈我？」

一死須教輕太山⑫，修行不改任摧殘。
祝融⑬已有天神助，說甚宮囚血染凡。

⑫ 太山：即泰山。
⑬ 祝融：神名。帝嚳時的火官，後尊為火神。這裡指焚寺之災。

第十二回　妙善雲陽赴死

莊王將妙善囚在冷宮，自念骨肉參傷，密諭內臣曰：「父慈子孝，緣父不慈故子不孝。我今早上已告過家廟❶家祖，願求陰力默佑，轉他心性。如今不免親往冷宮勸他一番，且看聽我也不聽。」莊王乃與內臣同到宮門，開了鎖鑰，已是二鼓❷天氣。

妙善見父王來到，跪在地上。莊王哭謂之曰：「我兒，慈母配如地，嚴父配如天，不從父母訓教，何異禽獸？你兩個姐姐因順父母招親，百般快樂。你情願要做囚人。世情最好的是夫婦之義，愛重如山，恩深似海。今當改過前非，順從父命，招選駙馬，一生快樂。若不依從，休想在世。」妙善曰：「爹爹所言差矣。悟者方知太陽門下無星月，天子門下有窮兒。孩兒各有所見。夜半更深，著甚來由苦來相勸？」莊王曰：「我兒這等愚癡，招婚是人之大禮，何故不從？」妙善曰：「寧可使須彌山❸粉碎，大千世界❹

---

❶ 家廟：祖廟；宗祠。古時有官爵者才能建家廟，作為祭祀祖先的場所。

❷ 二鼓：二更天。

❸ 須彌山：乃梵文 Sumeru 的音譯，漢譯為妙高山。是古印度神話中的山名，並為佛教採用。此山是世界的中心，日月環繞此山迴旋出沒，三界諸天也依之層層建立。

❹ 大千世界：佛教語，「三千大千世界」之略稱。是佛教關於世間宇宙結構的設想。後亦以指廣闊無邊的世界。

平沉，教我招夫，此事休題。」莊王曰：「你這等不識擡舉，教你招夫為帝，此乃好事，何故不從？」妙善曰：「爹爹正覺昏迷，邪心熾盛，你為萬民之主，不能齊家❺，焉能治國？若是天子人王，疇昔❻半夜三更父入子宮，逼女嫁人，天下聞知，乃萬世之羞，是何道理？」莊王見妙善執了一念，決無回心從父招夫之理，曰：「明日在法場斬首，以治你不孝。」說罷，忿忿即出冷宮。

土地聞見此事，即忙具來奏上玉皇。玉皇曰：「如今西方❼，除了世尊❽，就是妙善。此等大識智菩薩，今日有難，豈可坐視？他如今忤了父命，明早押赴法場處決，你可防護。待他刀砍刀斷，鎗戳鎗折，絞他之時，使他不知疼痛。汝可化作一虎，跳入場中，速將妙善背入山林淨處，將靈丹一顆放他口裡，使他屍首不壞，魂歸地府遊遍，即送還魂香山，得通南海普陀岩❾顯靈，方成正果。」土地領了玉旨，即於法場俟候。

但見時至五更，軍校將法場團團圍轉，監斬官忽必力把妙善綁在場中，專等旨到開刀。妙善就綁，怡然大笑，說道：「我今早得超昇，再不沉迷於地。但你等可速斬我，休淩辱我的身軀。」說罷，令旨已到，催促下手。只見一陣風過，天昏地黑，法場紅光□□，妙善刀砍不下，鎗戳不入。聖旨傳下，再

---

❺ 齊家：治家。語出禮記大學：「欲齊其家者，先修其身。」

❻ 疇昔：往日；從前。

❼ 西方：指西方淨土。

❽ 世尊：原為婆羅門教對於長者的尊稱，佛教用以尊稱佛祖釋迦牟尼。佛的十種法號之一。

❾ 普陀岩：即普陀山，在浙江舟山市，為舟山群島之一。中國佛教四大名山之一。傳為觀世音顯靈說法道場。

取紅羅丈二，絞死無違。方絞之時，忽見猛虎躍入場中，軍校驚得四散，將妙善一竟背入密松林去訖。監斬官回奏莊王，莊王大喜曰：「今小女心合於天理，不忍不孝，應該虎食。勞卿所至，欽賞黃金二錠，爾其退朝。」

公主修行一命傾，父心何忍喪兒身。
豈知作善天憐念，南海功成萬古秋。

第十三回　妙善魂遊地府

卻說妙善被父絞死，土地將他屍骸背在山中。他一點幽魂不散，香香如浮雲，昏昏似夢中。擡頭一看，不知身在何州何地。乃自嘆曰：「奴家被爹爹絞死，緣何來到此間，又無高山草木，又無日月星辰，又無人形房屋，又無雞犬相聞，怎生是好？」正嘆之間，只見一青衣童子放大毫光❶，手執幢幡❷向前言曰：「吾奉閻君敕旨，迎接公主遊一十八重地獄。」妙善曰：「此是何處地方？」童子曰：「此正是陰司❸。只為公主不肯招親，卻被父王絞死。久聞公主大慈大悲，道風高超。主司啟奏，十王❹大悅，普傳敕旨，特來迎接，不須驚恐，即便登程。」

妙善只得與童子同行。來到鬼門關，只見眾鬼各各跪門迎接，牛頭馬面都來雙拳拱手。入了關門，俱見枷鎖刑具，令眾鬼受苦楚之慘。妙善問童子曰：「此皆何等刑具？是何等之人當受此罪？」童子曰：

---

❶ 毫光：如毫毛一樣四射的光線。

❷ 幢幡：幢、幡皆為旌旗之屬。竿柱高秀、頭安寶珠，以種種之綵帛裝飾者曰幢，長帛下垂者曰幡。

❸ 陰司：陰間；陰曹地府。

❹ 十王：即「十殿閻王」。中國佛教所傳十個主管地獄的閻王，其名是：秦廣王、初江王、宋帝王、伍官王、閻羅王、變成王、泰山府君、平等王、都市王、五道轉輪王，他們分居地獄十殿，故名。

「不忠不孝，受那凌遲碎剮、剝皮揚灰之刑；貪淫屠戮，受那刀山劍樹之刑；拋棄五穀，輕□百物，受那碓舂磨磨之刑；勢豪淩虐小民，受那鐵床銅柱之刑；縱恣口腹食盡水陸，受那沸湯油鍋之刑；般唇弄齒、面是背背、讒譖陰後，受那抉目拔舌、抽腸剖腹之刑；推人落水、坑人下穽，受那奈河水淹之刑；淹沒子女、觸汙三光❺，受那血湖血海之刑；恃強凌弱、將大壓小、以富吞貧、以貴欺賤，受那石壓剉❻燒之刑；釣魚射鳥、投機騁詐，受那鐵鷹、鐵犬、毒蛇、惡虎咬嚙之刑。還有黑暗餓鬼阿比❼畜生，種種刑具不可勝數。」童子一邊指說，妙善一邊行去。

忽見幾個尼僧，一手將妙善扯住，喊叫慈悲度脫。妙善曰：「我平日與你無冤，何故扯我?」眾尼曰：「我是白雀寺僧尼，因公主不從父王，故來放火，驚死我這九個僧尼不得超脫。望公主慈悲救拔。」妙善曰：「既要超脫，合掌向前，隨我誦經。」但見地藏王❽觀見冤魂纏住善心公主，乃向前分付眾魂曰：「我今已與爾奏過閻君，發爾俱向極樂國投生出世，再不在此處枉死受苦。」僧尼俱大歡喜，拜謝而去。

看看公主來到金橋，但見上面寶蓋幢幡，下是黃羅錦繡，左右欄杆四龍圍繞，紫雲佈地，百樂齊鳴。

---

❺ 三光：指日、月、星。

❻ 剉：鍘切；斬剁。

❼ 阿比：即阿鼻。佛教語。意為「無間地獄」，即永受痛苦無有間斷的地獄。

❽ 地藏王：即地藏菩薩。其受釋迦牟尼佛囑託，在釋迦既滅，彌勒未生前，自誓渡盡六道眾生，拯救諸苦，始願成佛。他常現身於地獄之中以救苦難。

公主問曰：「為何此橋這等富貴？」童子曰：「只為公主善心千般，地獄化作錦城，血湖化作蓮池。」妙善曰：「此間又聽得有哀樂兩樣之聲，為何？」童子曰：「樂者，十王殿內笙歌之樂；哀者，地獄中鬼囚之苦。」妙善曰：「受罪之鬼，何方人氏？」童子曰：「都是陽間為惡之人，今來陰司受刑。」妙善曰：「既是如此，待我解厄超度他去。」只見真經誦動，囚下天花亂墜❾，囚中放大光明，枷鎖自脫，百刑俱解，一切鬼囚俱得佛力超生，地獄為之一空。妙善舉頭所看，見十王齊齊都在前面迎接。妙善慌忙答禮曰：「弟子有何德行，敢勞閻帝垂青❿。」十王曰：「吾等聞知公主誦經說法，天花亂墜，真乃善哉善哉。大眾願來拱聽。」妙善曰：「既要聽經，可將三途八難十八重地獄一切鬼囚放出聽講。」閻帝分付牛頭馬面速將眾囚一齊放釋。妙善誦經已罷，陡然地獄化作天堂，刑具化作蓮花，冤家債主一應囚犯俱得解脫。

判官即忙將死生簿來稟過，閻君曰：「自從公主到此，刑具盡化，罪人盡脫。吾恐地獄天堂自古設立，若今不送他轉去，是有天堂無地獄，成甚酆都⓫世界？」十王曰：「既然如此，今公主地府皆已遊過，可著二十四對幢幡送公主過奈何橋⓬，引到密松林屍所，著他還魂，往昇上界。」閻君與六曹⓭俱

---

❾ 天花亂墜：這裡指妙善說法時，感動天神，諸天各色香花，紛紛下墜。

❿ 垂青：謂以青眼相看，表示重視或見愛。古人稱黑眼珠為青眼。

⓫ 酆都：傳說中的陰司地府，人死後的去處。

⓬ 奈何橋：在地獄第十殿幽冥沃燋石外正東，直對世界五濁之處。貧賤殀死等人，過此橋而投生。

⓭ 六曹：地方胥吏之通稱。

在孟婆亭⑭作別而去。

遊遍陰司過奈何，獄囚冤債盡消磨。
孟婆亭下相分手，颯颯仙風鼓太和。

⑭孟婆亭：在地獄第十殿，由孟婆掌管。相傳孟婆生於漢代，幼讀儒書，壯誦佛經，更勸世人戒殺吃素。因其時能知前因，漏洩陰機，上帝遂敕令其為幽冥之神。

第十四回　妙善還魂逢釋迦點化

卻說妙善離了地府，真魂被童子引得附在原屍體上，一時醒轉起來。只見身臥樹林之下，嘆曰：「我記得先在地府，無所不聞，無所不見。只指望求離八難，何期今再還魂？淒淒冷冷，孤苦伶仃，又無山居學道，又無林隱藏身，如何是好？」

正在沉吟哽咽，珠淚交流，□□□動釋迦如來，駕起祥雲，一時來到妙善面前，打個恭言說道：「娘子□□□□□□□□釋迦問曰：「娘子為甚在此荒山野路？」妙善把那生前死後還魂之事，一一對那先生告訴了一遍。釋迦曰：「娘子，我看你這般苦楚，不若與我權為夫婦，結草❶為菴，隨時度日，有何不可？」妙善曰：「先生差矣。弟子遊遍陰司，探盡輪迴之事，你這皮毛之話，在我跟前休得亂說。」釋迦曰：「善哉，善哉，吾乃非別，西天釋迦是也，前言戲之耳。因你修行，此處不是安身之所，特來指引你到香山去，修行有著落。」

妙善連忙拜倒地上，說：「弟子肉眼，一時不識師父到此，萬望莫罪。但不知香山在那地方？」釋迦曰：「香山乃自古隱仙之所，在越國南海中間，上有普陀岩可以修行。」妙善曰：「此去未知有幾多路程？」釋迦曰：「記有三千餘里。」妙善曰：「只怕身上無食，肚中飢餓，力不能勝，一時恐難到得。」

---

❶ 結草：構造簡陋的茅屋。

釋迦曰：「我有仙桃一顆，帶來與你。此桃不是凡果，上界歡喜園中之桃，吃了四時不渴，八節❷不飢，永無榮枯，長生不老。」妙善得了此桃，遂拜別釋迦，竟往香山趲程❸前去。

太白金星雲頭觀見妙善行步艱難，乃喚香山土地向前分付曰：「今有妙善公主要往香山修行，奈緣路遠，爾可變作猛虎當路，待他來時，爾可背他前去，不得有違。」土地受了金星敕旨，在於當路伺候。只見妙善沿途借問而來，正行之間，撞遇老虎當路而吼。妙善向前祝❹虎曰：「我是不孝之女，違父出家，今日相見，任從飽食。」虎忽作人言曰：「稟告公主，吾非虎也，乃香山土地。奉上帝敕旨，化身迎接公主，望請乘駕，送至香山。」妙善曰：「既是如此，感謝公公。倘若得道成，不忘厚報。」

言語之間，耳邊只聽得如風似電，早到香山。只見：

層巒聳翠，古木生陰。萬派金波，皓月團團。凝碧海千林玉筍，祥雲靄靄罩青岑。瀉下丹崖群鹿舞。瀑布泉高吹來綠，樹眾禽鳴調簧鶯。乃懸崖有四季不謝之花，斷崖有盡日常新之草。鬱巘插神霄，登泰山而小魯；片帆遮巨浪，駕溟渤❺而揚波。幽禽野鶴停長松，錦鯉遊鱗穿遠渚❻。真

❷八節：古代以立春、立夏、立秋、立冬、春分、夏至、秋分、冬至為八節。

❸趲程：趕路。

❹祝：禱告。

❺溟渤：泛指大海。

❻渚：水中的小塊陸地。

個生成鷲□，宛然畫出蓬萊❼，鈴鐸朝昏，盡是沙門❽說法；鳶鳥上下，悉皆梵剎然香。依峰作鎖環水城。

正是：

天下名山稱第一，世間勝境此為尊。

❼ 蓬萊：即蓬萊山，古代傳說中的神山名，亦常泛指仙境。

❽ 沙門：梵文「沙門那」之略稱。表示勤修善法、熄滅惡法之意。後專指佛教僧侶。

第十五回　香山修禪點化善才龍女

卻說妙善既到香山，清心滌慮，朝誦暮習，修到九載，神機廣大，妙法無邊。只見岩中群虎數千咬木啣石遮蓋，四圍山王土地圍護。人為龍象❶交參，神欽鬼奉，猿猴獻果，鸞鳳供花，慶雲祥瑞，重重罩裹。妙善自知百煉丹成，永可不涉死生障❷路。

當時有地藏王與香山土地商議曰：「自公主娘娘到此修行，如今正果已成。自世尊以來，一人而已。不惟三千大士菩薩❸由彼指揮，而三千大千世界亦由彼管轄。上令重霄，下至九地❹，凡有血氣，皆在彼之掌握，此誠我等之主而為諸侯之所瞻依❺者也。今日二月十九日可尊□高座，以救濟萬民。」土地聽罷，即會同四海龍王、五岳聖帝、一百二十位太歲神煞❻、三十六員天門天將、風伯、雨師、雷公、電母、三十六顯、八仙、十王，共尊妙善盤蓮花寶座❼，以為人天普門教主。俱各參拜已畢，但無一徒

---

❶ 龍象：梵語那伽 (Nāga)，譯曰龍又譯作象。諸阿羅漢中，修行勇猛，有最大力者，佛教中稱謂龍象。

❷ 障：煩惱的別名，因煩惱能障礙聖道，故名。

❸ 菩薩：「菩提薩埵」的簡稱。原為釋迦牟尼修行而未成佛時的稱號。意謂修持大乘六度，求無上菩提，利益眾生，於未來成就佛果的修行者。

❹ 九地：猶九泉。指地下。

❺ 瞻依：瞻仰依恃。

❻ 神煞：猶言神通、有本領。

自是妙善招度。一善男女中倘得一好徒弟，著土地報來。

土地訪得兗州大華山有一童子，名喚善才，家居樂邦，父母俱喪，自幼在本山出家，未成正果，此子可度。乃將其人回奏娘娘。妙善即差土地前去取來。只見不一時間，土地接得童子到座。妙善問曰：「你是何人？」善才答曰：「念弟子名喚善才，家居樂邦，父母俱喪，六親骨肉全無，自幼在本山出家。今聞娘娘在此千百億化，弟子特來，望乞脫度。」娘娘曰：「只怕你心意不誠。」善才曰：「不遠千里而來，何為不誠？」娘娘曰：「你也曉得什麼本事？」善才曰：「弟子知得世間好惡之事，能觀千里之外。」娘娘曰：「既曉得這般本事，何如肯來投我？」善才曰：「自古無師不成正果。」娘娘曰：「既是如此，你且權居岩下，待我取了法戒文簿，再來度你。」

娘娘乃喚土地：「你可引眾神仙化作海中強盜，明火持鎗殺上山來。我即奔上岩頭避難，跌下岩去，以試他善惡之心何如？」土地聽令，即化作勇猛強人，蜂湧殺入山來。娘娘連叫救命，失腳跌下萬丈深岩。善才看見為師失重，急忙亦逃將下岩。托起師父，即對娘娘哭曰：「師父弄假成真，不該如此戲唬弟子。」娘娘亦哭曰：「爾果真心慕道，爾纔上岩見岩下有甚人否？」善才曰：「我見底下有一童子死屍。」娘娘曰：「此即你之凡胎。如今我已與爾脫化❽了，自是合掌誦經，再不可離我左右。」

一日，娘娘挪開慧眼，見本海龍王差第三太子出來巡海。太子承父之命，變作一金鱗鯉魚，隨海湧躍，誤入漁人網中，被漁人拿起，將在越州市上貨賣。娘娘即遣善才化作客人，將一吊錢前去買到岩前，

❼ 蓮花寶座：蓮花在佛教中是聖潔的象徵，這裡指蓮花狀的寶座。

❽ 脫化：脫度感化。

令放之歸海。三太子再三拜謝娘娘活命之恩。歸到龍宮，報知父王。龍王說：「你可即取夜明珠一顆，送上娘娘殿裡，照他夜間誦經。」時有三太子公主素心慕道，要去修行。聞得此事，即稟老龍王曰：「孫女願送此珠，往拜娘娘學道。」龍王曰：「你有此盛舉，我水族永無沉溺之個。」及取水晶蛟綃帕，盛珊瑚果盒，托九龍吐焰明珠一顆。公主捧定，獻獻娘娘。

娘娘受了明珠，跟公主回宮。龍女曰：「弟子不願歸宮，情願在此伏事娘娘，皈依佛法。」娘娘曰：「學道甚難，爾乃公主，如何受得這苦？」龍女曰：「娘娘當初十磨百難尚且耽九❾之。何況今時有娘娘真正師父在此，弟子何不可學？萬乞娘娘以慈悲為本，收留弟子。」娘娘曰：「你既誠心，可拜了善才為兄，自今呼為兄妹，專一修心講道，不得有違。」自是二人領了娘娘法旨，閑則誦經說法，有事則救苦救難，一任替天行道。

花市道人讀傳至此，乃嘆曰：

作善天庭必降祥，千磨萬劫為誰忙？
終身只恨韶華❿短，出世應知道味長。
已入天堂輕地獄，既登仙境藐閻王。
善才龍女參禪定，種種慈悲救萬方。

❾ 耽九：指妙善修行了九年。
❿ 韶華：美好的年華。指青年時期。

第十六回　妙善化身治病

卻說莊王自從絞妙善死後，只在宮中與妃嬪作樂。朝政付與趙震總攝，凡有內外忤旨，一任殺戮。有白雀寺伽藍，搜他過惡，疊成文簿，一一奏上天曹。玉皇殿前掌書令乃接上表文，轉達天庭。玉皇見奏，心中大怒，說：「此人殺女不慈，燒寺甚虐，叫注祿判官查他陽壽何如？」判官將簿細查，見他陽壽尚有二十年未盡。玉皇曰：「既他帝祿未可削除，可宣降疾神人前來聽差。」天醫宮中溫元帥聽得玉旨，即忙俯伏王階啟：「聖上有何法旨？」玉皇曰：「今有興林國妙莊王行惡，放火殺人，當除符命❶削籍。但此人陽壽未盡，汝可即降災殃，纏害其身，使他妙藥難醫。後來感動善女捨身救他，方顯報應。汝其欽哉。」溫元帥領旨，即將重疾惡瘡即降與莊王身上。但見莊王在宮樂極悲生，忽然身體沉重，曰身發出惡瘡，皮肉俱爛，日夜叫痛不止。

娘娘在香山佛位上心眼一觀，會見父王身沾重疾，乃爛肉痛不止。說曰：「如今我父得病，十分狼狽。我今雖能成道，父母養育之恩亦當補報，不免化作凡僧與父親一看生瘡，到彼揭榜救取。一來報得他養育之恩，二來顯得我修行有用。你二人好好與我護持香火，我去下凡走一遭即來。」正是：

只因九載功成大，變化凡僧便不難。

❶ 符命：上天預示帝王受命的符兆。

第十七回　妙善揭榜入國

卻說莊王得疾，十分沉重。伯牙皇后衣不解帶，朝夕事奉湯藥❶。忽然想起妙善死得苦楚，乃以言挑曰：「我王這等重疾，一旦倘有不諱❷，獨無後言乎？」莊王曰：「讓位與女婿便了。」皇后曰：「哪個女婿？」莊王曰：「憑梓童擇哪一個。」皇后曰：「可去宣來。」乃以皇帝手詔，命懷安太監去召。懷安一時回報說：「兩個駙馬爺同二位公主各在府中飲酒作樂。小奴婢先到趙府稟事，閉門不理。後到何府，亦復如然。奴婢又再三稟云：『如今皇帝病重，你府中爺爺知否？』俱曰：『知得多時。』又聽得兩個公主娘娘說：『縱然有病，終不會就死。』因此奴婢回復。」

皇后把懷安所奏之事，將手扶住莊王，一一把上項事逐件對莊王細說。莊王聽罷，氣滿胸臆，惱得幾❸死者數次。夫婦相抱，大哭一場，說：「我有太子，決不到此地位。可惜第三個女兒又無福承受，如今怎生是了？」皇后曰：「當時女兒修行，聽他出家。即有緩急，亦可叫他來身邊。如今兩個大女兒，他自享富貴，這等宣詔，他反視如路人，公然不睬。」莊王哭曰：「路遙知馬力，事久見人心。今日若

---

❶ 湯藥：用水煎服的中藥。

❷ 不諱：死亡的婉辭。

❸ 幾：將近；幾乎。

非梓童，朕之在此，有誰看顧。今日死者已不能復生，可宣直日內臣速寫榜文，四處張掛。但有天下名醫，有能醫得朕疾即愈，即把大位讓與他去。這兩個畜生或若到來，可與一頓亂棒趕他出去。」

皇后傳旨，命中書科寫下榜文，招集天下醫士。軍士即將榜文帖於皇城四門，榜文曰：

朕以丕德忝❹厥位，獲戾❺上下神祇❻，匪❼可言罄。或者天降之罰，俾朕躬偶遭惡疾，數月不痊。群臣咸思為朕屢祀山川，但冥冥決事，終成幻路，而起死回生，沉痾頓稱。山林草澤，未必無抱奇術足以斡旋❽天地者存於其間。今朕待士輿論，惟爾羅捏名醫。果能挾策來治，掃清疥志，便一德脾眩，而日月既觸中天，則爾之於朕不啻明良，而朕之於爾視再生尤重。朕即退位養老，揭曆數❾於爾攸屬。爾其盡心，朕言不再。

但見妙善化作一個老和尚，頭戴皮毗盧帽❿，身穿百衲袈裟⓫，腳穿四耳麻鞋，腰懸盛藥葫蘆，走

---

❹忝：羞愧；有愧於。
❺獲戾：得罪；獲咎。
❻神祇：指神靈。
❼匪：即非。不；不是。
❽斡旋：運轉；扭轉。
❾揭曆數：指改朝換代。曆數，帝王繼承的次序。
❿毗盧帽：亦稱「毘盧帽」。放焰口時主座和尚所戴的一種繡有毗盧佛像的帽子。後泛指僧帽。

到城邊，轉過迎和門下，將求醫榜文讀罷，隨而揭在手中。

有守門軍士看見，一把拿住，問曰：「你是甚麼和尚？這等膽大，來揭榜文。」和尚曰：「貧僧祖代名醫，九州萬國那一個得病不是我去醫好？如今你皇帝要性命，我老僧要天下，將手段傳帝位。你眾人代我通報，我如進去。」眾軍士曰：「你這分明是個顛和尚，好好快去，免我打你。」和尚曰：「你那裡曉得我本事？」軍士曰：「目今多少金紫⓬醫官，尚且醫治不好。你自家爛瘡尚不能療，焉能救得別人？」和尚曰：「你眾人休得恐號⓭老僧。我自幼出家，但有踵身重疾，及死骷髏，不勞一服靈丹，病即除根。爾去上奏國爺，這病症老僧極能醫治。今古病源，各有冤債。老僧爛瘡有藥無方，君王病症有方無藥。」軍士曰：「這和尚說話有甚來因，我們大家去稟丞相爺，宣他進去用藥。」

君王一旦病纏身，雖還良方不遂心。
真個藥醫不死病，果然佛化有緣人。

⓫ 百衲袈裟：百衲，亦作「百納」。指僧衣。衲謂補綴，百言其多。袈裟，佛教僧尼的法衣。

⓬ 金紫：亦作「金印紫綬」，或稱「金章紫綬」，指黃金印章和繫印的紫色綬帶。此句中指官職高的醫官。

⓭ 恐號：威嚇命令。

第十八回　妙善入宮視病救活二姐

丞相得軍士所稟，即到宮門奏曰：「蒙旨張掛榜文，招取醫士。今一僧人揭榜，願醫我王，特奏聖駕。」皇后傳懿旨：「可著他進宮。」丞相即宣和尚來到宮門，山呼萬歲已畢，內旨問僧：「受業何師，姓甚名誰，出家幾載？」和尚奏曰：「貧僧受業員通祖師，師父名喚悉達，貧僧名諱光明，藥師、藥藏皆我徒弟。」內旨曰：「僧人既有妙濟，煩即製來。病愈之日，當有重賞。」和尚曰：「榜文說付以天下，今止言重賞，貧僧不敢下藥。」莊王聞奏大怒，扶病強勉起來，見僧問曰：「天下便把與你，你用甚藥可醫得病愈？」和尚曰：「此病非凡藥可料，除是仙人手目，差人割取過來，和靈丹搗搽，方可救得。」莊王人等哂❶曰：「縱有黃金萬兩，誰肯捨身割偶？和尚取此必無之事，欺誑朕躬，此係妖言，藥可說難容恕。」和尚笑曰：「臣啟聖上，暫息雷霆。臣出此言，必有來歷。此仙人住居香山菴中一十九載，忍辱無嗔，專一救濟貧窘，捨身無吝。陛下要去取他手目，不用金寶，只用沉檀香一盒，差大臣頂禮拜請，即便取得來到。」莊王曰：「此去香山幾多路程？」和尚曰：「約有三千餘里。但執貧僧這個路引在手，不過五日就可回轉。」莊王出旨，即差丞相趙震同劉欽前去，修敕文一道，檀香一盒，竟往求覓無違。又著令金爪武士將此僧謹防在左順門下，休令脫逃。

❶ 哂：音ㄕㄣˇ。譏笑。

卻說兩個駙馬聽得僧人醫病，要進宮內，曰：「前日忤旨，又不敢入去，欲要不進，尤恐僧人醫好，奪了天下。」乃與心腹內臣霍禮商議，先使人夜間刺死和尚，後將毒藥，只說和尚進來之藥，哄聖上吃了，那時和尚也死，皇帝也死，天下自然無人佔得。趙魁、何鳳歡天喜地，等到夜靜，置了毒藥，乃呼手下親信蒼頭❷索答來，分付曰：「你到半夜可悄悄手持利刀，潛入左順門裡，將和尚刺死，不得有誤。」妙善原是將身上袈裟指一個化身在此，他自己已轉香山去了。彼時在菴方與善才議事，慧眼一看，只見何、趙二人行此不良之事，乃喚直日遊弋❸使者，分付曰：「爾即去莊王床前，將內臣進來毒藥換了，將蒼頭縛在左順門下，即來回報。」

卻說時至三更，內臣霍禮手捧毒藥在手，向宮門叩門。內問：「何人？」霍禮曰：「奴婢在左順門接得和尚製來之藥，說仙人手目一時未到，權送此藥，陛下一服可省疼痛。」皇后方纔接過，被遊弋臣將乳香止痛湯換了。皇帝保全無事，毒藥傾在地上，沖倒宮人無數。索答來看定和尚，拔出利刀，劈頭剁去。和尚閃在一邊，自身被袈裟絆倒在地，用力掙扎，手足猶如被縛，不能脫去。遊弋神幹了此兩樁事，轉菴回復去了。

待至天明，何、趙二人打聽，只見朝內喧喧嚷嚷，說宮內誰人行毒藥，沖倒幾個宮女不能起床。又報和尚被人行刺未遂，那行兇人倒在地上，動止不得。莊王病中聞得此事，出旨著錦衣衛❹拿那行兇人，

---

❷ 蒼頭：指奴僕，古代私家所屬的奴隸。

❸ 遊弋：即游奕，巡邏。

❹ 錦衣衛：即錦衣親軍都指揮使司。明洪武十五年始設，原是管理護衛皇宮的禁衛軍和掌管皇帝出入儀仗的官

著實鞫究報來。掌錦衣衛是大將軍褚杰第二子褚定烈，差校尉到左順門把那行兇人一時剪綁，押到衛前階下。索答來忽然醒起，睜開雙目說：「我非夢裡，我在殺那和尚，怎麼綑倒在此？」褚定烈分付：「與我鬆綁，叫他招了。」索答來初然不認，直至重刑，乃直言招曰：「小人是趙府蒼頭，名喚索答來。主公與何爺聽得聖旨，要將天下讓與和尚。主公俱怕失了天下，故著內臣霍禮陰用毒藥毒死皇帝，又差小人刺死和尚。此係上命差遣，小人所供是實。」褚定烈收了招狀，將索答來監下，入宮轉奏莊王。

莊王得奏，咬牙嚼齒，對皇后大罵曰：「我作何孽，好好一個孝順女兒，又苦逼他死了。這等不義禽獸，享我富貴，不思報本，反來用藥毒我，殺我醫僧。天不容他，使他二事都不得遂，著落錦衣衛，即將何、趙二賊綁赴法場，登時斬首，以警將來。內臣霍禮、蒼頭索答來凌遲❺處死。欽此。」褚定烈素受文臣之氣，何、趙二人每恃皇親，常傲慢他。定烈蓄恨在心，承旨即點起二千羽林軍，將何、趙二府緊緊圍上。兩個公主無計可施，只得冒死來浼❻母后寬恩大赦。皇后見女兒哀浼不住，乃叩首御榻前，帶兩個女兒哭訴曰：「幼女已亡，此二賊謀為不軌，自然殺無赦。但兩個女兒係自家骨血，乞我王曲赦罪惡也罷。」莊王沉吟半晌，分付：「將二賤人幽閉冷宮，餘無所赦。」

姊妹二人在冷宮哭思：「三妹修行，我等阻他，今日我等福不到頭，禍反先至，要此性命做甚麼？不如死去，早與三妹作伴。」二人相抱大哭，一時昏倒在地。冷宮土地即托夢與他說：「爾二人不要枉

署，後來逐漸演變成皇帝心腹，特令兼管刑獄，給與巡察緝捕權力。

❺ 凌遲：封建時期最殘酷的一種死刑，俗稱剮刑。

❻ 浼：音ㄇㄟˇ。請求；哀求。

死，爾三妹未死，今已得道。爾可乃今修行，後日他來度爾，謹記吾言。」二人醒轉，似夢非夢，說道：「寧可信其有。」從此吃齋把素，朝夕誦經，一意宮中修行。

卻說二駙馬在府自知理虧，再無生道，乃在府中自縊身死。軍校打開府門，將屍驗過。定烈命軍士割了二人首級。轉到法場，取出霍、索二犯上了木驢，淩遲已畢，然後具表申奏莊王。莊王思想二女都是這樣結果，其病轉加沉重。後人有詩嘆曰：

當年征戰殺人多，收得寅圖出入夢。
一怒幾千肝腦碎，滿城無限怨魂難。
已知虐女心尤慘，難免連床病轉甚。
南海老僧珍手目，興林國統屬誰何？

第十九回　仙人手目調藥

丞相趙震與行人❶劉欽帶領人馬表札，日夜趲行，不消二日夜，已到香山寺前。妙善著善才化作凡童，出門迎接，指引到壇。劉欽將聖旨對壇宣讀。詔曰：

朕聞大仙久隱靈谷，道風高超，名播乾坤，普憐眾生。興林大國五十四載，天下和平。忽染一恙，任點諸方，並無寸效。今遇僧人指點，藥用不嗔❷手眼，以信顛言。仰望仙人大喜大捨，朕身痊痾，不忘厚德。持敕臣趙震等來取，以慰朕心。

仙人接敕已罷，分付使臣曰：「遠路勞頓，皇帝望愍，你可取刀來，將我左邊手眼割去，叮囑醫人用心醫治。」劉欽捧刀在手，不敢動作。仙人曰：「爾要速去回命，何得作此兒女於愍？」劉欽只得將刀下手。但見初下刀之時，鮮血淋漓，後來就似沉香一般。乃把金盤盛起，拜謝大仙，主見國王。

妙善既化手眼分他割去，化善才曰：「我今先趕入宮與他調治，我再化得有右邊手眼在此，再來取

❶行人：古代官名。掌管朝覲聘問，執傳旨、冊封等事。

❷不嗔：這裡指大仙。

時，爾可仍付與他。」說罷，飛騰而去。

趙震取得手眼到國，竟入宮中，先獻上皇后。皇后一見，心內惻然，說：「世間有此大仙肯捨身救人，不顧自己肢體。」仔細舉起來一看，不覺兩淚汪汪：「此手分明是我第三個女孩兒的手。我記得他左手虎口有一點黑痣，今卻儼然❸。」莊王曰：「天下相似者極多，哪裡便是。」皇后哭曰：「若非自家兒女，誰人肯活活割手抉目與你治病？」正在疑惑之中，和尚聞得取到手眼，便入宮奏曰：「此大仙修行已經二百餘年，救人多矣。皇帝不必用疑。」王后方始拭淚寬心，付手眼與僧人調藥。

和尚掩了凡人之目，丟開手眼，口將一粒仙丹，搗末調水，指示莊王搽上左邊。剛搽得左邊半身，藥已用盡。但見左邊如狂風掃葉，雪遇太陽，其腫頓消，瘡痕無影，卻有右邊患痛如故，莊王復問僧曰：「賢卿有此高方丹金，右邊無效，還是何如？」和尚曰：「大仙之手，得左只治左，得右治右。今只求得他左邊，是以左好而右不驗。」莊王曰：「今日損人利己，朕所不忍為。」和尚曰：「若無大仙，右邊手目從何而來？」莊王曰：「未知大仙還肯捨否？」和尚曰：「大仙以慈悲為本，上身割落，他亦喜為。」

莊王復差劉欽領了敕文，星夜又到香山取討。劉欽來到菴中，仍將聖旨展開，對大仙宣讀：

皇帝詔曰：朕蒙大德，喜捨左邊手眼，病除一半，右邊不能全有。朕今負罪，再祈真仙大聖。朕得病痊，不昧初心，在處建創廟宇，家戶寫立真神，獨尊大法，留傳萬世。本國他鄉進香，歲歲

---

❸ 儼然：真切、明顯的樣子。

供花。伏望大喜大捨。特敕請求，無違朕志。

使臣讀罷敕文，善才化作大仙，乃叫使臣取刀，右邊手目一齊割去，用盤盛住。劉欽起頭一看，只見大仙兩邊鮮血淋淋未乾，合口而坐，真個慘人。乃私嘆曰：「這和尚也不是好人，要救一個人就壞一個人，想他只是要皇帝做得緊。」說罷，拜辭大仙，連夜回國，獻上右邊手目。

莊王大喜，乃宣和尚進宮。和尚仍取一粒仙丹，研水將莊王右邊一搽，屈不之間，如陰雲一洗，晴空朗現，只霧一清，紅日正照，聖躬煥然復新。莊王全身依然如舊，滿朝慶賀，文武齊歡。共議尊和尚為鎮國禪師，議擇日讓以大寶❹，冊立為帝，謝他再生活命之恩。花市人遠散傳至此贊曰：

哀哀父母甚劬勞❺，舉世紛然變蓼蒿。
養志守身親義重，捐軀竭力孝行高。
火燒白雀悲三界，魂逐青衣化下曹。
紫竹半林搖曉吹，普陀千古聖恩褒。

---

❹ 大寶：易繫辭下：「聖人之大寶曰位。」後因以「大寶」指帝位。
❺ 劬勞：勞累；勞苦。

第二十回　妙善駕雲歸香山

莊王病體得痊，喜不自勝，乃頒特旨，宣光明和尚上殿。丞相趙震領旨，請和尚上殿受封。光明和尚俯伏陛墀聽旨。詔曰：

朕今得命，此事非常。死中得活，枯木生花。天遣仙醫，感恩非淺，實朕宿世之父母。當須天下大赦，權將正殿為講堂，暫把龍床為法座，嚴潔道場。敕號僧人為「三天門下大寶法主鎮國禪師」，代朕掌管江山，朕退入養老宮。今日聚集文武，交國授受，爾其欽哉。

和尚既拜謝敕旨，乃對眾官曰：「貧僧出家之人，散誕❶慣了。如今只願主上仁民愛物，不嗜殺人。爾眾文武承流宣化，盡忠報國，則貧僧高枕日紅，共樂昇平世界，誠為萬幸。若夫皇帝之位，非惟貧僧不願，亦貧僧無此福勝受也。」言罷，山呼萬歲，拜謝皇帝，用袍袖一拂，紫霧祥雲從天而墜，乃將身駕起，騰空而去。因擲四句偈語❷下來：

---

❶ 散誕：放誕不羈；逍遙自在。

❷ 偈語：即偈頌，佛經中的唱詞。

吾乃西方一世尊，特來救爾病除根。

□□正道無邪色，勿使靈真染色塵❸。

文武拾得，讀罷，乃曰：「原來這老僧是個活佛，望空駕雲去了。」就將偈語奏上莊王。莊王曰：「吾有何德，能感動世尊下界，又感動大仙捨我手目？我且問你，當時大仙是甚樣人？」趙震奏曰：「乃是一個女子，其相貌與三公主甚是相似。」莊王曰：「爾下刀時，他也怕痛否？」趙震曰：「小臣下刀之時，只見鮮血淋漓，見者心惻。而那大仙並無戚容，歡天喜地。」莊王曰：「有此異事？若說我女得道，當時怛怛❹絞死，被虎咬去。若說不是我女兒，誰人捨得斷臂抉目救人之危？此事一發異哉！爾眾臣僚共諸眷屬，可速持齋戒，清淨身心，竟往香山面謝仙姑。一則以決朕心之疑，二則以報答其生成之德。」

仙女慈悲救朕身，志心頂禮用殷勤。

滿朝文武併妃嬪，同到香山禮世尊。

❸ 色塵：佛教語。「六塵」之一，即眼根（視覺）所觸及的塵境，又稱色境。

❹ 怛怛：憂傷貌。怛，音ㄉㄚˊ。

第二十一回　獅象托身脫去清音

妙清、妙音自從駙馬犯法典刑，把他監禁冷宮。二人在宮絕去五慾，志心皈依佛法，朝夕誦經不輟。一日，西方世尊如來山門上店刻有青獅、白象把門，奈緣聽經誦偈多年，靈通靈變，即有知覺運動。有時化為長老，有時化為須彌❶，又有時化為少年豪傑。

時當八月十五乃王母❷蟠桃會，諸神具在，如來亦與其宴。門外青獅、白象見大佛王母宮中去了，兩個乃相與商量曰：「我等終日拘禁在此山門，動輒不得自如。如今不免將身上泥土指個化身在此，就此無人，走下凡間，瀟灑片時，有何不可？」兩個化身一變，變作兩個青年漢子。逢店飲酒，又聽得惑言：「若要拿此婦女，可速速到興林國中便走一走。覷❸見冷宮中有二美人在那裡參佛。請你就拿得近宮山魈❹一問。」山魈把二人首末的行，從頭說了一遍。青獅即化作妙善形象，白象即化作徒弟，雙雙半夜敲開冷宮宮門。

❶ 須彌：佛教傳說山名。
❷ 王母：「西王母」的略稱。神話中的女神。
❸ 覷：音ㄑㄩˋ。窺伺；嚴密注視。
❹ 山魈：山中動物名。形似猴，身被黑褐色長毛。因其狀貌醜惡，故舊時稱之為山怪。魈，音ㄒㄧㄠ。

妙清、妙音慌忙向前一看，見是妙善，二人十分著驚，說道：「妹妹你既死了，又何在此驚我？」妙善曰：「小妹身從那日父王賜死，感得天神，假裝猛虎將我背入天宮。如今我已為天上掌書玉女。昨日雲端見爾冷宮受苦，故今師徒二人奏過玉皇，專來接你上天，同享快樂。」妙清二人聽罷，姊妹三人抱頭大哭。妙善曰：「事不宜遲，姐姐可速同我起身，恐守宮人知覺不便。」妙清曰：「妹妹有道，能騰雲駕霧，我二人怎麼同爾走得？」妙善曰：「不妨請二位姐姐閉了雙目，不要開，待我帶你上去。」

二人依言，但見獅、象作起法來，一時之間，拖得妙清、妙音來到清涼山絕頂之上。二人開眼，不見了妙善師徒，眼前只有穿青、穿白二少年子弟來到，笑謂妙清等曰：「吾乃非別，是天上玉皇大帝外甥，適間雲頭忽覩見兩個煞魔，長手短軀，諒拖爾來食，被我打走。我二人有前世之恩，你可共我結成夫婦，後日我帶爾上天。」妙清二人聽罷，唬得魂不附體，對妹子說曰：「事已至此，有死而已，他何恤哉？」乃對二少年曰：「我乃莊王之女，駙馬之妻，只因有忤聖旨，囚入冷宮。既在冷宮淨心學道，死生已置之度外。你是何處妖精，敢來我跟前胡說？」青衣曰：「吾係玉葉金枝，先已對你說了，安得妄疑我為邪？成就一對夫妻，亦是夙世緣分。爾說學道，道在哪裡？你的妹子苦要修行，如今已作虎餐之滓。人生一世，快樂為第一。我不玷辱於爾，爾何執迷不通？」言罷，二人向前陪著笑臉來抱妙清。妙清姊妹恐身有失，便欲尋死。二少年慾心雖熾，怕一時逼死了他，豈不白白用這一片苦心。乃將迷魂水一口噴將起來，把他姊妹都迷得眼目昏了，復帶去藏在萬花谷中五松岩內，著落岩前一個千年跛腳鱉精與他守住。他兩個終夜出去，各處淫人，日間回轉岩內，百般調戲妙清姊妹。又教鱉精化作山村女兒，攝得近方人間飲食，詐言：「我是前村王家使女，昨日在此岩前拾柴，觀見爾二位娘子在此受苦，故送食授你之命。」妙清聽罷，心中無疑，權時受了充飢。由是鱉精日復一日，三廚不絕。

卻說把守冷宮囚校入宮，不見了二位公主，慌了手腳，連忙進宮來稟。莊王正要起駕往香山，聞說此事，登時氣倒在地，說：「這兩個賤人，終不然逃走不成。他幼長深閨，又無法術，若是死了，卻有屍首；若是出外修行，他又不曉得寺觀。將兩個守宮軍重責四十，就限他各處地方訪來。」軍士畏法，只得負痛前去。

那妖精淫宿妙清、妙音不遂，開眼一望，只見宮中發出軍士，四方來緝。兩個商量曰：「一不作，二不休。皇后宮中嬌紅、翠紅容貌亦儘去得，原是妙善宮中使女。我等何不再化作妙善，拖得他來，亦儘夠我受用。」青獅即變作妙善，白象即變作從行女徒，瞰得二彩女方出宮門，二妖向前叫曰：「爾這丫頭就不認得我？」嬌紅擡頭一看，認得是主母，乃曰：「娘娘死了，緣何又得在此？」妖怪曰：「我今修行有道，刑殺莫加。昔年之死，乃是一了你眾人之眼。我今已在香山成了大佛。□來度你前去。」嬌紅曰：「既是如此，我去稟過皇后卻來。」妖怪曰：「你去便有阻滯，可快跟我，遲了我便去了。」嬌紅二人說：「娘娘怎麼帶我？」妖怪曰：「爾合著眼，我即帶你前去。」嬌、翠將眼合了，卻被二妖復拖到五松岩下東一大壁子下。二女開眼，只見那妖變得青臉獠牙，巨口血舌，三丈五尺長大。二女驚得呆了，不能做聲，被兩個妖怪終夜恣淫，有天無日。二女求生不得生，要死不得死。

前日承敕緝訪軍士遍訪地方，寂無動靜，宮中又報失了兩彩女。皇后曰：「怎麼有此怪異？前日二公主已不知下落，今又失卻宮女，此事非凡人可識。香山既有大仙，皇帝又要去拜謝他，不如速趁此機會，明早準備法駕上山去。」到天明，莊王出旨，命大臣保駕，點起羽林軍三千，前簇後擁，敬往香山還願。忽必力與褚定烈當先引駕開路，大將軍褚杰督兵後護，迤邐❺起程。正是：

天子巡狩駕六龍❻，旌旗耀日劍光沖。
香山若也逢真佛，註擢當年幼女時。

❺ 迤邐：音ㄧˇ ㄌㄧˇ。曲折連綿狀。

❻ 六龍：古代天子的車駕為六馬，馬八尺稱龍，因以為天子車駕的代稱。

第二十二回　莊王被魔受難

莊王聖駕行了二日，早到澄心縣，命文武眾軍俱各驛中安歇。皇帝、皇后、妃嬪止宿縣中正堂。二妖怪知得莊王往香山，恐怕洩漏他天機，乃到半夜時分，化作狂風猛雨、飛沙走石，把莊王夫婦二人迷倒，仍攝入萬花谷中千層岩底黑暗洞中，不見天日。莊王夫婦居於岩底，如醉如夢，酩然❶不省人事。

待到天明，眾臣俱入縣來問安，並不見了皇帝、皇后。各處動問，俱說不知。只有兩個未睡宮女說：「昨夜風起之時，恍惚見兩個無長不長的人進來，後也不知去向。」眾官俱各無奈，說：「有這等大變，國中不可一日無君。今日君父有難，我等坐視不救，枉為臣子。今日上天下地也要去尋來。」褚將軍曰：「趙丞相莫憚勞苦，可急到香山去問大仙。我領眾軍遍地去訪。」定烈可送諸宮嬪權且歸國，又作道理。」

妖怪知得趙震上山，又差跛鱉精在香山渡口化作渡船等候。趙震到渡上船，不知是怪，被他妖氣一時迷倒在船，亦皆入洞中。

時有何鳳之子，當時見父受刑，年紀十八，逃在答罕國避難。經今三年，打聽得莊王被魔不見，文武俱皆失散，國內空虛無主，乃於答罕國赤魯花處借兵三萬，殺奔興林國來。國內運籌決勝無一人在，何朝陽安然據了大位，大赦天下，建國為粟連，改元大武元年。著人冷宮去取母親，宮人來稟：「娘娘

❶ 酩然：大醉狀。酩，音ㄇㄧㄥˇ。

不見多時。」何朝陽與大臣議曰：「外公、外婆殺我父王。誰知此位仍歸於我。只可憐我父母不得享福。」亦差人四下查問，根究母親。

卻說妙善救好父親，歸菴數日，適逢大帝有詔，說：「焰魔天宮走出一十八個鬼王，在凡間作亂，擾害生民，不得安生。卻差李天王統兵剿滅。妙善帶天王第二子木吒太子一同督戰，不得有違。」妙善領了玉旨，乃分付善才、龍女曰：「我今要去收服鬼王，莊王這幾日必定來謝願，你可替我行禮，我去便回。」二人領了娘娘法旨，只見妙善駕一朵祥雲望西去訖。

善才對龍女曰：「師父已去，我等在此清閒無事，同去岩後千仞峰觀灑片時，有何光境❷。」二人同上到高崖之處，左盼顧，右瞻望。善才對龍女曰：「此處是我娘娘父母之國，怎麼怨氣沖天，有甚緣故？待我仔細再看，興林國中無主，天位已被何朝陽佔了。」龍女曰：「我身何不化身到他國中，一問便知端的。」兩人乃回轉菴中，分付守菴土地曰：「我去興林國走一遭，你可謹持香火。」土地領命。

善才化作凡僧，龍女化作小沙門，一同化作遊方僧❸模樣，沿途抄化❹。來到興林國內，看見一個太監出來，說聲：「公公化緣。」太監說：「我這國王專一要拿遊方和尚，你可快走，尚保性命。」和尚曰：「請問公公，有甚緣故？」太監曰：「不說爾還不知。當初我這是興林國，我是莊王保駕太監。只因第三個公主要出家修行，惹得國內七顛八倒。後來莊王把兩個駙馬也殺了，把兩個大公主囚在冷宮。

❷ 光境：景象；情況。

❸ 遊方僧：佛教稱謂。即「雲水僧」。指雲遊四方，行蹤無定，修行問道或化緣，故名。

❹ 抄化：募化；求乞。

後來得一大病，得一僧人取香山大仙手目醫好其病。正要去香山酬願，只見冷宮二位公主不見蹤影，宮中又不見兩個彩女，遍訪無蹤。那日，莊王整備法駕，一則還願，二則請問大仙消息。行路歇息，至三更風雨大作，又不見了皇帝、皇后。丞相上山，又不見轉來，大將軍去國，至今未回。如今這新國主是何駙馬公子，瞰我國內無王，打破城池，奪去江山。我老人家權且順從他在此。他如今要尋母后，說道一定是遊方僧拖去，因此分付四門，但有僧人即要拿去梟首❺。」和尚聽此言話，深深打個叉手❻：「多謝公公指教。」

善才回頭對龍女說：「師父又不在菴，怎麼有此怪異？待我叫得守宮土地來問，便知端底。」守宮土地聽叫，忙到跟前，問曰：「仙童有何分付？」善才曰：「公主娘娘、皇帝、皇后今在何處？你可直報來。」土地稟曰：「說起這個妖怪，驚破人膽。娘娘這一干俱被如來世尊山門外那兩個神通廣大、變化無方的青獅、白象拖在萬花谷中，不能觀見天日。除非三十六員天將方可收得。」善才知此消息，分付土地退去，急忙與龍女回轉菴中，商議收魔。

妖氣氛氳❼撓太和❽，興林國內盡消魔。

❺梟首：斬首並懸掛示眾。
❻叉手：兩掌對合於胸前。佛教的一種敬禮方式。
❼氛氳：雲霧朦朧貌。氳，音ㄩㄣ。
❽太和：太平。

輕將玉宇他人管，不見妻孥❾近榻過。
幽谷淒涼雲暗影，五松慘淡鳥依稀。
大曹若不行剿滅，枉把身軀立普陀。

❾妻孥：妻與子的合稱。

第二十三回　善才領兵收妖

善才轉到菴中，只說師父已回。誰知師父還未轉來。與龍女商量曰：「我二人蒙師父指教之恩，未曾補報萬分之一。今值他父母有難，我等何不統領天將，把妖精擒提，送還父母、公主。倒不是我一場大功勞。」龍女說：「師兄說得有理。」乃撥殷王苟畢為前部先鋒，五顯三聖為左右護戰，太歲部下一百二十位諸天神煞與己督兵在後，大發天兵四十萬，殺奔萬花谷中五松岩前，把谷中重重圍繞。二妖正在岩東與嬌紅作樂，跛鱉精聞得天兵到來，唬得屁滾屎流，慌忙報入岩來。二妖曰：「不必要愁，待我出去，一個一個綁來便是。」

卻說青獅原是火之精，有個兄弟名喚獨火鬼，現在東鶩山，獨伯❶一方。白象原是水之精，有個妹子名喚水母娘娘，現在泗州西洋海顯聖。二妖看見天兵來得雄猛，乃差岩邊飛天蜈蚣精前去請火鬼助陣，又差雙尾蚺蛇精前去請水母娘娘助陣。二人聽令，各化作一個小小蚊蟲，星奔電掣來到兩處，傳下法旨。兩處俱各起兵，獨火鬼點起火兵五千，火輪火鴉一齊俱發。水母娘娘點起水兵五千，蝦精鱉將一齊俱發。殺喊連天，把天兵圍在中間。二妖洞中聞得救兵來到，搖身一變，變作兩個唬蠻天王，身長四丈，三頭六臂，各執一般❷兵器。一個身騎金毛獅豸❸，一個身騎八爪豺狼，搧店撒沙，變作百萬雄兵，殺將出

❶ 伯：即「霸」。

來。

王靈官❹頭戴箃金盔，身穿定鐵甲，腰束九龍條，腳穿麗水靴，手執劈魔竹節鞭，座下吐火吸水神駒，出陣罵曰：「你這闊口長鼻畜生，不守如來山，不遵佛法，敢來下方如此作怪。好好送去皇帝，身皈佛教，饒你殘生。半聲不肯，一鞭打你身成齏粉。」二妖聽罷，大罵曰：「我與你各不相統攝。今無故聽善才那小畜生指揮，敢來圍繞我的行台。爾若善善退去，朕保首領。半時不退，內外夾攻，要爾上天無路，入地無門。」惹得王靈官性起，招動天兵殺將入來。只見青獅放出萬丈烈火，獨火鬼火輪、火鴉滿天通紅；白象湧起五湖大水，水母娘娘水族蝦鱉遍地茫白。天兵殺往道尾不能相顧，見火益熱，見水益深，沒奈他何，被他困倒在谷中。

善才謂龍女曰：「這兩個畜生好生利害，怎麼收得池水火，方可擒得他服。」龍女曰：「吾聞石城火焰山上有個紅孩兒，乃是三昧不滅真火煉成身體，師兄可即去請他來相助。我去南海領得父子兵來與他相戰。此不是以火敵火，以水敵水，何愁征他不服？」善才曰：「師弟說得有理。」乃傳令：「大兵權時屯紮在此，不要走透風息，待我取得兵來，然後廝殺。」天兵各營俱已聽令。善才兩個各駕一朵雲去了。

---

❷ 一般：一樣。

❸ 獬豸：音ㄒㄧㄝˋ ㄓˋ。傳說中的異獸。一角，能辨曲直。古人視為祥物。

❹ 王靈官：道教奉祀的神。又稱「玉樞火府天將」，相傳姓王名善。道觀中多塑王靈官像：赤面，三目，被甲執鞭，作為鎮守山門之神。

善才來到火焰山，著山王土地前去通報。紅孩兒接入洞中，相敘禮畢，問曰：「仙兄到敝山，有何指教？」善才曰：「小弟因師父去赴蟠桃會，不在敝菴，斗膽領天兵到萬花谷收服青獅、白象。不想那妖怪原是水火之精，又借得獨火鬼、水母娘娘兩個前來助惡，因此殺輸於他。大王哀念佛法慈悲，肯賜半臂之力，小弟死生不忘。」紅孩兒曰：「我去止能敵得他火住，還有那水怎麼計較？」善才曰：「我已著師弟龍女前去他父王宮中，領他水族父子兵前來策應❺。如今想已將到，望大王速賜指揮。」紅孩兒曰：「仙兄先行，小弟即領部兵前來。」善才再三叮囑，相別去了。

行到半路，撞見龍女帶領父子兵來到。善才曰：「師弟來得最好，我去通報五顯，爾可紮兵在此，待紅孩兒兵到，在外面協同殺將來。信炮為號，我在裡面殺將出。」說罷，竟奔萬花谷去。五聖三官俱接到，問：「救兵何如？」善才曰：「兩處俱已動兵。待等信炮一響，我和爾只管擺佈廝殺。」說猶未了，只聽得號炮連天，殷元帥入大營稟說：「西邊火勢沖天，南邊水聲沸湧，想是救兵已在外廝殺。」善才曰：「殷將軍帥三聖引一萬兵，從西接應，燒出南天。王將軍帥五顯引一萬兵，從南接應，直衝西路。我與三官督大兵兩路拒敵。」分撥已定，只見二妖正在設酒筵與獨火、水母撈軍。跛腳鱉驚得一步一蹺入營稟曰：「禍事到矣！如今善才、龍女借得火焰山、南海兩路生力兵來到，火王快作張主。」獨火鬼曰：「紅孩兒當我子孫，何足畏哉？」水母娘娘亦曰：「南海兵是我管下池魚，何能為？」青妖曰：「我幫住火王。」白妖曰：「我幫住水母。」紅孩兒對龍王曰：「以火攻火，以水攻水，不見手段。我有牛魔王鐵扇在此，扇起石昧真火，怕他白象、水母，要燒得他皮毛焦爛。你可湧起南海大水，

---

❺ 策應：從不同方面對敵作戰，以與友軍呼應。

把他青獅、獨火鬼浸得他煙消火滅。」

兩將議罷，紅孩兒立攻水寨，王靈官一枝兵殺來接住。白象吐水，水母作浪，紅孩兒在外扇動大火，靈官裡面火車、火箭一齊發作，燒得白水成湯。水母煮得不過，帶領殘兵逃歸泗州去了。白象被火遍身毛都燒盡，躲入清涼山絕頂避難。龍王兵攻火寨，殷元帥一枝兵殺來接住。青獅噴火，獨火鬼主煙，龍王在外湧起巨浪滔天，殷元帥裡面水囊、水櫃一齊發作，浸得烈火成冰。獨火鬼免得無奈何，帶得敗兵奔往東鷲山去了。青獅被水灌得喘氣不得，急奔五松岩裡藏身。

主兵、客兵會合一處，善才、龍女出來拜謝曰：「深感神威，二妖殺敗。但不能拿住妖怪，必不得國王返國。大王與龍王枚掠得龍兵歸國，容小神後來酬報。」說罷，今我二人再轉回菴中，見師父又作道理。

從來邪正不相容，岩底妖氛水火攻。
鬼母無能身早遁，象獅有力計先窮。
騰騰烈煙埋山日，滚滚洪濤戰海風。
鼓罷僵屍三十里，善龍報本亦奇逢。

第二十四回　妙善救得君臣返國

卻說妙善赴宴歸來，與如來作別。雲端一望，只見萬花谷中妖氣逼人，拭目一看，但見父母及二姐、宮女、丞相都迷倒在那裡。乃對如來曰：「師父何不謹慎，縱放守門二畜生害及國主，與慈悲大道得無有戾乎？」如來曰：「徒弟，爾看我山門獅、象不端正在那裡。」妙善曰：「那裡卻是化身的，待弟子呼谷中土地來問。」妙善慈聲一喚，只見谷中土地來到聽旨。妙善問曰：「如今那二妖藏在何處？」土地曰：「自從前日殺敗，一個逃在清涼山，一個躲在岩下。」如來聽罷，對妙善曰：「爾且回菴，我轉去即拿那畜生。」兩下分別。

如來轉到天竺，諸佛菩薩參科已畢。如來曰：「爾這夥人俱是泥塑木雕的，山門那兩個畜生也不會管得他住，拿他萬花谷中釀成這等大禍，把一個興林國被他平白滅了。」叫八金剛進來聽令。金剛曰：「世尊有何法旨？」如來曰：「你去到清涼山五松岩，鎖那兩個畜生到此問罪。」金剛領旨前去。只見妙善轉菴，得知善才、龍女征戰事後，乃同二徒弟來谷中救父母。路上撞見金剛，便問曰：「八位天王從何處去？」金剛曰：「我等承佛旨去捉妖怪問罪。」妙善曰：「望天王先與我打破萬花洞，然後去鎖妖怪。」金剛曰：「你師徒跟我去來。」妙善在後，金剛在前，將上下東西谷岩盡行打開，把蜈蚣、蛇精、鱉精盡行斬訖。妙善同入，化作前次老僧，救出父母。復到五松岩救出二姐，岩底救出丞相，東岩救出二宮女。各把關魔湯一盞與他解了妖毒，在外將惠風一拂。褚杰亦引得大兵到來。老僧向前打個恭信，復騰空去了。君臣父子開眼一看，相抱大哭，說：「我等被妖怪迷倒在此，又得神僧來救，不然皆為此谷之怨魂矣。」大家拭淚，緩緩尋本國而歸。

看看來至迎和門，只見定烈、忽必力垂首來迎接莊王。皆奏曰：「小臣前欲尋主歸國，不料反賊何朝陽借得察罕國兵，攻我國無主，殺將入來。臣與交戰，不能抵，當時被他佔去城池，建國改號。目今四門把守甚謹，臣專在此候陛下返國，徐議進取。」莊王曰：「這小畜生輒敢無禮，大將軍可與我驅兵向南門殺將進去，拿這畜生碎屍萬段。」直殿黃門❶最報知何賊，何賊即遣兵四門嚴拒。褚杰正攻南門，軍士報來：「西門被劉欽斬開，忽必力大兵俱已擁進。」何賊無計可施，乃帶親隨數人捨命衝開北門，逃往察罕國去了。

莊王復辟，文武大小俱來慶賀。莊王曰：「向日之病即死，尚得首立。今日遭此妖劫，若非那神僧答救，空為岩底枯髏。褚定烈可代朕引三百兵，到南郊築起三層高臺，豎立神僧名位，朕好朝夕去拜他復國活命之恩。」定烈承命去訖。明日皇后復奏曰：「香山大仙手目之恩半路終止，今可命駕再去酬願，臣妾不敢自裁，望乞陛下特旨。」莊王曰：「還願之心，朕心切切，丞相可速辦表禮香花，朕同皇后、公主星夜就道，上香即回。大將軍務要牢守城池，恐何賊再來入寇。」趙、褚二臣各領旨去訖。

兩次香山謁大仙，誰知親女望中懸。
直教括起尋常眼，始信神僧即大仙。

---

❶ 黃門：宦官。

第二十五回　妙善一家骨完聚

丁時，妙善救了莊王君臣，來到本壇，本菴眾神參見已畢，乃著善才賚玉笥、黃芽前到火焰山答謝紅孩兒助陣之功；又著龍女賚青芻、紫菜前到龍宮答謝龍王助陣之力。

卻說莊王同皇后、二女、文武大臣曉夜不息，已到香山駐蹕。趙震上山排開禮儀。妙善聽知父王、母后親來行香，忙排開香案，著善才伺候，他自己仍化作無手無眼、汙血淋漓坐在佛座內。莊王上菴，果見一座草房。莊王領皇后鞠躬四拜，眾官一齊隨班行禮。莊王曰：「朕今先注寶香，敬供清齋，聊表寸悃。願賜慈悲，伏希洞鑒。」祝罷，皇帝、皇后、公主、文武又是四拜。只見大仙被紗幔罩住，並不見動靜。莊王對皇后曰：「朕是山河天地之主，萬姓之王，感天仙之德，遠來拜謝，緣何並無動靜言語？敢是朕是男仁，不敢啟問仙姑。」

梓童向前有個神像，輕輕揭起，慎細一看，忽顯然是妙善身骸。妙音救醒起來，對皇帝說：「這個仙姑果是我妙善！前日我疑那手是他的，今果然矣。」二公主再扶起一看，只見血跡腥臭，伶仃可憐。對父王說：「真個是我三妹。」莊王曰：「那日絞死，明明被虎背去，怎得在此？」舉頭一看，委實是妙善。四人相抱，哭死復甦。

莊王問曰：「早知我兒受這苦楚，爹爹要這條命性何幹？我兒且把始末原因試說爹聽。」妙善曰：

「那日蒙爹爹賜我之死，天帝憐我心誠，分付土地化虎背放在密松林內，孩兒魂靈遊遍一十八重地獄後，復還魂西域。如來指我香山修行，九載成道，眾神尊我為香山佛主。前日玉帝惱爹爹性嗜殺人，特降惡疾。孩兒看見，故化為和尚專來治病，又截手眼與爹和藥。前承爹爹來謁，誰知如來面前獅、象成妖，走下凡間，托身拖去二位姐姐，又拖去宮女。懼爹知道，復到澄心縣，攝去爹爹與母親，捉去丞相。孩兒昨在王母娘娘處赴宴回來，見爹娘有難，惟又同八大天王打開岩洞，救得君臣返國。只是今日孩兒無了手眼，不能夠見得爹娘。」莊王夫婦聽罷，心如刀刺。

妙清、妙音問曰：「三妹妹這等形狀還可醫得否？」妙善曰：「我是慈悲之人，只要爹爹叩天下拜，我的手目必能復生。」莊王聽得此言，即焚拜曰：「天地、日月、山川，是寡人不合❶，當初將女凌賤，今日反來捨身救父，果是孩兒孝意修行，願得還生全手全眼。」拜罷，妙善撇了化身，將親身出座來見父母姊妹，手目如故，大家且哭且喜。妙善曰：「爹爹今日到此，還許孩兒修行，還許孩兒招婿？」莊王曰：「我兒再不可說那事。當初是我不是，若非是你這般修行得道來救我一命，險些歸於泉世。如今寡人情願棄了山河，隨你修行。爾眾文武願在此者在此，願歸國者歸國。朝中只有丞相趙震竭忠事上，赤心報國，朕之此位即付與爾掌管，符璽俱已在此。爾務敬天勤民。」趙震得命，君臣慟哭，拜別而去。

卻說如來鎖得獅、象到殿，心中大怒，罵不絕口，分付哪吒解入召版地獄，壓他粉碎，永不赦除。妙善慧目一看，正見係原西方獅、象，轉身自反。二姐被這二畜驚唬。即駕雲到西域，叫聲：「白父稽

❶ 不合：不應當；不該。

首。」如來問：「賢弟何來？」妙善曰：「我等出家之人，當以慈悲為本，二畜須犯天條，望師父寬恩曲赦，弟子帶回香山，慢慢馴治，點化他成個正果。弟子不敢善辨，專聽師父垂察。」如來曰：「既是如此，叫哪吒帶畜生轉來。」二畜跪在階下。如來曰：「今日本該重治，承我這善菩薩救你，你可跟隨他去，志心皈依，再不得變生異心。」二畜唯唯而退。

妙善拜謝如來，等得二畜回轉香山，對二位姐姐曰：「你遭此兩個畜生，受了無端苦難，爾今認得他否？」妙清曰：「往日是青、白二少年，今見本相，我恨不得吞吃了他。」妙善曰：「如今姐姐既出了家，那一點心頭之火全要滅了。此時他已歸我，便是佛家眷屬，再莫把前事記懷。」一邊分付善才整備齋素，供養父王，一邊修治房屋，安頓家小。

只見值日山神來報：「玉皇頒下天詔，娘娘可排香案迎接。」說罷，太白金星已到菴前宣讀。詔曰：

咨爾興林國妙莊王，初未識天庭地府、六道❷輪迴，造業❸受罪在先。今妙善棄此貴而脫凡塵，九載苦修成功。陰間救囚，捨身醫父，濟人利物，靡不曲盡。舉目能矚天下善惡，側耳能聽人間是非。朕甚嘉焉，其封為大慈大悲救苦救難南無靈感觀世音菩薩，賜與蓮花寶座一付，永作南海普陀岩道場之主。其姊妙清、妙音初耽世味，後能改行遷善，修行慕道，遇難不汙。妙清封為大

---

❷ 六道：天、人、修羅、畜生、餓鬼、地獄。在這六境生活的眾生，都在其中輪迴轉生，直至能證覺悟得解脫為止。

❸ 造業：佛教語。做壞事。

善文殊菩薩，賜與青獅，出入騎坐，妙音封為大善普賢菩薩，賜與白象，出入騎坐，永作清涼山道場之主。其父莊王封為善勝菩薩都仙官，其母封為萬善菩薩都夫人，其善才、龍女封為金童玉女。嗚呼，千叫萬應普度眾生，合家封贈，萬年香火。

眾人謝恩已畢，太白金星辭別而去。

自是，觀音娘娘在香山普陀岩大施靈顯，家家供養，人人欽奉，紫竹鳴鸞，淨瓶注醴❹，楊柳煙晴，草茅生色，自五帝❺以迄於華胥❻，共祀無違。

專心學道脫凡塵，百難千磨認得真。
白雀火燒風雨至，感傷刑慘帝恩深。
醫親手目將來割，從古至今獨善心。
南海普陀登正覺，一家五口作仙賓。

右按觀音菩薩乃莊王之三女，前生施善之投生也。生而慈惠，不嗜五葷，拒父招婿，修行九載，普

---

❹醴：甘泉。

❺五帝：上古傳說中的五位帝王：黃帝（軒轅）、顓頊、帝嚳、唐堯、虞舜。

❻華胥：人名。傳說是伏羲氏之母，以履巨人足跡而有娠，生伏羲。

陀顯聖，千變萬化。救父災，全國祚❼，度君臣。收伏獅、象，奏封二姊，一家上昇。自古修善以來，自如來以下，未有如我慈聖之顯靈顯聖者也，是故表而揚之，以為勸善之戒。

❼ 祚：福；福運。

達磨出身傳燈傳

朱開泰　撰
沈傳鳳　校注

總目

引言

沈傳鳳

菩提達磨，通常人稱達磨，「磨」也作「摩」。根據有關歷史記載，達磨是一個極富傳奇色彩的人物。他不遠千里，入華傳禪，並形成了中國禪專門的傳授系統，為禪宗的形成奠定了基礎，而他也是公認的禪宗初祖。其生卒年沒有確切記載。研究者有的認為卒於西元五三六年，有的說卒於五二八年，也有的認為卒於五三〇年。

此書全名為新鍥全像達磨出身傳燈傳，四卷七十則，敘述了其出身及傳教經歷。達磨，原為南印度香至國王第三子，初名菩提多那，有志沙門，拜菩提多羅為師，因其「於色相已磨刮皆空，於宗旨已通達殆盡」，多羅為其更名為「達磨」。所謂「達磨」，即「通達」的意思，即表示他已經通曉了佛教的根本大法。得道成佛後，他弘宣佛教，在本國演教，開悟有相宗、無相宗、定慧宗、戒行宗、無得宗、寂靜宗，使六宗歸依正教。後南渡傳燈，梁普通年間達南海，廣州刺史蕭昂「具表奏君」，武帝捨身事佛，天下效尤。至金陵，武帝咨問禪要，云：「朕造寺度僧，布施設齋，有何功德？」達磨答曰：「實無功德。」武帝不解，憮然自失。達磨見機緣不合，武帝不悟，無大乘根器，遂又北返，隱跡於嵩山一帶。魏孝明帝正光元年（西元五二〇年），曾止於嵩山少林寺，面壁九年。後遭人忌恨，六度中毒，端坐而逝，時魏莊帝永安元年（西元五二八年）十月十五日，葬於熊耳山（今河南宜陽縣），起塔於定林寺。期間，達磨傳法於神光（慧可），開創了禪宗，被尊為東土初祖。

關於達磨的事跡，諸多典籍有所記載。現存有關菩提達磨較早見於洛陽伽藍記永寧寺條及修梵寺條，後又有唐道宣續高僧傳菩提達摩傳。禪門史料有楞伽師資記、神會語錄、寶林傳、景德傳燈錄、傳燈正宗記等。然而這些相關記載也不盡相同。譬如談及出身，洛陽伽藍記永寧寺云：「時有西域沙門菩提達摩者，波斯國胡人也。」續高僧傳云：「達摩，南天竺婆羅門種，神慧疏朗，聞皆曉悟，志存大乘，冥心虛寂，通微徹數，定學高之。」略辯大乘入道四行及序中說他是「西域南天竺國人，是大婆羅門國王第三子」，景德傳燈錄中說他是「南天竺國香至王第三子也，姓剎帝利，本名菩提多羅」。雖然眾說紛紜，但是這些記載卻為小說創作提供了豐富的素材。

新鍥全像達磨出身傳燈傳乃根據有關達磨的傳說和故事編纂而成，記敘了他的經歷和言行。作為一部小說，形式上分則不分回，每則均有標目，作「玉帝降神出世」、「達磨慧辨」之類，但內容上卻以達磨的「出身」、「傳燈」為主線敘述，並大大吸收了已有的傳說和典籍的記載，使其更具故事性和趣味性，讓達磨整個宣教傳道的經歷更加飽滿。比如，關於達磨與梁武王在金陵的一次對話，歷代法寶記、碧巖錄等重要佛教典籍中都有記載，流傳很廣。而在嵩山少林寺「面壁而坐」、收弟子慧可，慧可「立雪斷臂」的故事也見諸其他典籍。另外，小說中記敘在達磨死後三年，魏使宋雲自西域回國時，在葱嶺遇見達磨，只見他手攜隻履，翩翩獨往，對曰「西天去朝佛」。諸如此「隻履西歸」的傳說，無疑也大大增強了小說的可讀性，並為達磨披上了一層神祕的面紗。

此書卷三署「逸士朱開泰修撰」。各卷題「書林清白堂楊麗泉梓行」。楊氏清白堂是福建建陽著名的書坊。此書版式與萬曆年間建陽書坊刊刻的唐三藏西遊釋厄傳等書相同，可能為萬曆間建陽書坊刻本。作者朱開泰，身世不詳。此書原有缺頁，因無他本，無從配補，缺文仍以「□」表示。各卷則數不一，文字多有錯訛，現一併訂正。

達磨出身傳燈傳卷之一插圖：「師徒辨論」。選自明萬曆間建陽書坊刻本。

卷之一插圖：「眾徒變相」。

卷之一插圖：「差使迎接達師」。

卷之二插圖：「磨師離舟登岸」。

卷之二插圖：「達磨面壁少林」。

卷之三插圖：「神光斷臂見志」。

卷之三插圖：「猿鶴參禪」。

卷之四插圖：「超度孤魂」。

目錄

卷之一

卷之二

卷之三

卷之四

卷之一

玉帝降神出世

菩提達磨禪師，南印度香至國王第三子也。姓刹帝利❶，初名菩提多那，性極聰慧，質極純篤，好善布施，名聞里閈❷。早年有志沙門，第未得高人印證。及遇二十七祖般若多羅遠來行化，香至國王方崇奉佛教，接見多羅，即隆禮供養，賜施以無價寶珠，又命三子師事之。故達磨得為南渡始祖，其源流蓋出此處。

多那□□正純良，早歲勤修上寶航。
後得高人為點化，渡南作個破天荒。

---

❶ 刹帝利：梵語。省稱「刹利」。古印度四姓的第二姓，低於婆羅門，掌管政治和軍事權利，是古印度國家的世俗統治者。

❷ 里閈：鄉里。閈，音ㄏㄢˋ。里巷門。

美國王詩：

國王奉佛意何誠，供養多羅渥❸且勤。
不吝寶珠為錫予，又令三子出其門。

❸渥：優厚。

達磨慧辨

一日，多羅師與三王子在法堂講譚經典。有頃，出國王所賜之珠，問三子曰：「此珠圓明可愛，人身世上有何物可能比及？」多羅問雖在珠，實窺三子所得也。長子、次子固於尋常所見，皆曰：「此珠七寶中尊，固無踰❶也。」二子獨羨徑寸無價之珠，不知人身方寸之珠也。獨三子菩提多那回：「此是世寶，未足為上，於諸寶中，法寶為上；此是世光，未足為上，於諸光中，智光為上。若人能明是寶，寶不自寶；有人能辨是珠，珠不自珠。則愛己又能愛人，達人不徒自達，方為圓明莫及。」多羅嘆其慧辨，有詩為證。

美珠詩：

出珠突問眾儲君❷，世上圓明孰❸為真。
匪❹謂三子皆燕石❺，試他慧辨智超群。

---

❶ 踰：超越；勝過。
❷ 儲君：已確定為繼承皇位的人，即太子。
❸ 孰：疑問代詞。誰；哪個。
❹ 匪：同「非」。不；不是。
❺ 燕石：燕山所產石。後用為自謙，稱物之鄙不足道。

達磨更名

般若多羅又謂菩提多那曰：「子明於論珠，必明於論相，且問諸物中何物無相❶？」多那曰：「諸物中不起無相。」多羅器其不凡，遂謂曰：「聆子慧辨，於色相❷已磨刮皆空，於宗旨已通達殆盡。吾為汝更名曰達磨。夫達磨者，通大之儀也。子顧名思義如來正統，予日望子傳之。」有詩為證：

三子均為帝裔苗，菩提慧辨果無儔❸。
多羅知未傳燈器，欲把真宗向彼投。

❶ 無相：佛教用語。與「有相」相對。指擺脫世俗之有相認識所得之真如實相。在禪宗，這是一重要的修行，所謂無相為體。相，指事物的形相狀態。
❷ 色相：佛教用語。亦作「色象」。指一切物質顯現於外可以眼見的形相。
❸ 無儔：沒有能夠與之相比。

達磨得道

達磨自從遊於多羅門下，（校按：原書下缺一百一十五字。其斷續可見者為：「……味恭深教義服勤在……多羅選擇於弟……將奧義其師……且謂說偈曰：心地……果滿……」）

問師

達磨傳了多羅衣缽❶，因謂師曰：「吾勸為法，當往何國而作佛事？願垂開示。」多羅尊者曰：「汝雖得法，只今一味可遠遊，且止南天。待吾滅後六十年餘，當往震旦❷，設大法藥，直接善根。目下慎勿速行。」達磨又問：「彼處有大士北作法器否？千載之下有留難否？」多羅尊者曰：「汝所化之方，獲菩提者，不可勝數。汝至南方不可，彼國眾民徒好有為功業，而不可見如來妙理，亦不可者彼久留。」

又說偈云：

路行跨水復逢羊，獨自棲棲暗渡江。
目下可憐雙象鳥，三株嫩桂又咼咼❸。

❶ 衣缽：佛教名詞，指三衣與缽，即佛教僧尼的袈裟和食器，為僧尼最重要之資物，所以用為師承的信證，衣缽的授受即代表心法的授受。
❷ 震旦：古印度稱中國為 Cianisthāna，在佛教經典中譯作震旦。
❸ 咼咼：口歪斜貌。引申為歪斜、不正。咼，音ㄎㄨㄞ。

究問吉祥

達磨又問般若師曰：「自兩端之外，此後更有何事？乞為開示。」般若師曰：「此後一百五十年，必當有小難相臨。」達磨又問曰：「後當有解救否？」般若師曰：「吾有讖語❶數言，遺子參驗。」讖曰：

心中雖吉外頭凶，川下僧房名不中。
為遇毒龍生武子，忽逢小鼠寂無窮。

❶讖語：預言，即將來會應驗的話。

復問根源

達磨曰：「百五十年後，當有小難，弟子已聞讖命矣。弟子千百年未來，上人皆見之眉端。此後事，乞再為開示。」般若曰：「越後二百二十年，林下有一人，當得道果，吾有讖記亦遺汝參驗。」

雲旦雖閑無敬路，要取兒孫腳下行。
金雞解啣一粒粟，供養十方羅漢僧。

多羅圓寂❶

宋孝宗大明元年，般若師自放二十七道神光，在空現出一十八變，而白日昇天而逝矣。達磨祖將師皮囊闍維❷舍利❸建塔，始繼其志，述其事，提化本國。遠近眾生知達磨道得真傳，皆靡然向風❹從之，竊隙光❺以自點，浚❻餘潤以自游。

美師圓寂詩：

多羅圓寂放神光，現變無窮出異常。
達祖紹師宣佛教，化行本國德無量。

❶ 圓寂：梵語 Parinirvāna 意譯，音譯為「般涅槃」或「涅槃」。佛教用語，即圓滿一切功德，寂滅一切惑業。佛教以此為修行理想的最終目的，後也稱佛或僧侶逝世為圓寂。
❷ 闍維：梵語。指僧人死後火化。闍，音ㄕㄜˊ。
❸ 舍利：梵語 arira 音譯。指佛的身骨。通常指釋迦牟尼佛遺體火化後結成的堅硬珠狀物，又名舍利子，有佛骨舍利、佛牙舍利等。
❹ 靡然向風：謂群起效尤而成風氣。
❺ 隙光：時光歲月。
❻ 浚：音ㄐㄩㄣˋ。掘取。

達磨提化本國

達磨在本國弘宣佛教，遵師者昔日「未可遠行」之命也。時本國有二禪師，一為佛大仙，一名佛大勝多。早年與達磨同學佛陀跋陀小乘❶禪觀。佛大仙獲遇般若多羅，始悟昔日所學之差。二人遂棄其學而學焉。慕道之僧，得高人印心❷，一點即化，當時號為「二甘露門❸」。有詩為證：

本國沙門勝與仙，三人同學小禪觀。
改師般若傳宗旨，三子齊聲甘露軒。

❶ 小乘：梵語 Hina-yāna 的意譯。即小乘佛教。對「大乘」而言，以修身自利為宗旨，其最高果位為阿羅漢果及闢支佛果。

❷ 印心：佛家謂印證於心而頓悟。

❸ 甘露門：甘露的法門，佛的教法。使人臻涅槃之境的門戶。

分立六宗

達磨與佛仙、大勝多先是學術同一源流，獨勝多沉溺於旁門小乘，不知多羅為正派。遂更分徒眾，而立為六宗門戶：第一有相宗、第二無相宗、第三定慧宗、第四戒行宗、第五無得宗、第六寂靜宗。各封己解，別展化源，聚落崢嶸，駁談喧鬧。達磨師喟然❶嘆曰：「勝多自身已陷牛跡❷，況復支漏學，蓋而山分六宗。我若不除，永纏邪見，佛法不揚。雖彼更分之過，亦吾阿縱之罪也。」

美達磨詩：

勝多沉溺小旁門，分立諸宗大亂真。
身且不知牛跡陷，何為喧鬧亂紛紛。

---

❶ 喟然：感嘆、嘆息貌。

❷ 牛跡：牛之行蹤。牛王乃牛中至勝，故以之譬佛菩薩，嘆菩薩之德。因佛稱牛王，所以佛的教法稱牛跡。

思闢六宗

達磨師為如來扶正統，欲正六宗三謬。自思曰：「合而壁之，則勢愈固。驟而正之，則言無漸。莫若循次，與彼辨證，則正可以祛❶邪，真可以除妄。服得一宗，則諸宗望風歸附。此儒者待異端不惡而嚴之道也。吾何為獨不然？」

美六宗詩：

旁門立六宗，狂奴傲主翁。
建議驅除策，縱容漸次攻。

❶ 祛：除去；消除。

達磨闢有相❶

一日，達磨師微現神力，潛至有相。問曰：「一切諸法，何名實相❷？」彼眾中有一薩婆羅問答曰：「於諸相中不互諸相，是名無相。」師駁之曰：「一切諸相而不互者若名無相，當何定耶？」薩婆羅答曰：「於諸相中實無有定，若定諸相，何名為實？」師又曰：「諸相不定，便名無實。汝今不定，當何得之？」彼曰：「我言不定，不說諸相。當說諸相，其儀曰亦然。」師又曰：「汝言不定，當為實相，定不定，故即非實相。」彼曰：「定既不定，即非實相，非故不定不變。」師曰：「汝今不變，何為實相？已變已往，其義亦然。」彼曰：「不變尚在，在不在故，故變無相，以定其義。」師曰：「實相不變，變即非實，於有無中，何名實相？」薩婆羅心知吾師去潛達，即以手指虛空曰：「此是世間，有相亦能空，故尚我此身得似此否？」師曰：「若解實相，即見非相。若了非相，其色亦然。當於色中不失色體，於非相中不礙有。故若能是解，此名實相。」彼眾聞言，心意朗然，欽禮信愛，師即瞥然匿跡。

美辨相詩：

宗名實相意何如，幸為修陳發我遇。

❶ 有相：指有相宗。

❷ 實相：梵語 Dharmadhātu 意譯。佛教名詞。指宇宙事物的真相或本然狀態。

祇恐相空無實相，多因幻妄墮迷途。

薩婆羅詩：

相名無相何能定，不定難言相有真。

變故循環非在在，有無流轉卻津津。

達磨悟詩：

實相何能變，有中怎說無。

婆羅能是解，逃墨必歸儒。

達磨悟闢無相

一日，達磨師又微現神力。至無相宗問曰：「汝言無相，尚何證之?」彼眾有婆羅提，答曰：「我明無相，心不現故。」師曰：「汝既心不現，尚何明之?」彼曰：「我明無相，心不取捨，尚於明時，亦無當者。」師曰：「於諸有無，心不取捨。又無尚者，諸明無故。」彼曰：「入佛三昧❶，尚無所得，何況無相，而欲知之。」師曰：「相既不知，誰云有無?尚無所得，何名三昧?」彼曰：「我說不證，證無所證。非三昧，故我說三昧。」師曰：「非三昧者，何尚名之。汝既不證，非證何證。」婆羅提聞師辨析，即悟本心，禮謝於師，懺悔往謬。祖既曰：「汝尚得果，不久證之。此國有魔，非久降之。」言訖，忽然其師一時不見。

美六宗詩：

實相諸徒已覺非，此宗無相亦須規。
問渠❷無相居何義，恐與沙門❸道裂支。

❶ 三昧：梵語 Samādhi 音譯，又譯「三摩地」、「三摩提」，意譯為「正定」。佛教名詞。謂屏除雜念，心不散亂，專注一境的精神狀態。

❷ 渠：他。

婆羅提答詩：

我名無相隱俾論，三昧員融罔❹執循。
變化莫知神明境，能將口說為君聞。

達磨復詩：

無得三昧相，莫當三昧名。
婆羅聞慧辨，即悟性三靈。

❸ 沙門：梵語 Sramana 音譯。或譯為「娑門」「桑門」「喪門」等。意譯為勤息，即勤修佛道和息諸煩惱的意思，為出家修佛道之通稱，後專指佛教僧徒。

❹ 罔：不。

達磨定慧宗

達磨師一言能使有相宗、無相宗開悟。於是又往定慧宗，問曰：「汝學定慧❶，有一有二？」彼眾中有婆蘭陀者，乃一宗領袖，對曰：「我師所教定慧，非一非二。」師曰：「即非一二，何名定慧？」彼答曰：「在定非定，處慧非慧，一即非一，二亦不二。」師駁之曰：「尚一不一，尚二不二。既非定慧，亦何定慧？」彼曰：「不一不二，定慧能知。非定非慧，亦復然之。」師曰：「慧非定故，然何知哉？不一不二，誰定誰慧？」婆蘭陀聞師之言，昔日陷溺迷障，闔然冰釋。為問曰：「佛法無疆，論慧辨慧，命之矣。」

美慧宗詩：

定慧為宗立戶門，願將奧義訴知聞。
如來定慧非同汝，員妄難容勢道存。

蘭陀答達磨詩：

---

❶ 定慧：禪定與智慧。收攝散亂的心意為定，觀察照了一切的事理為慧。

定慧如何一二拘，勝師傳授走盤珠。
定無定處慧非慧，一二拘□是背師。

達磨悟蘭陀詩：

值數而適數，當名不副名。
金繩❷開覺洛，革舊自歸誠。

❷ 金繩：佛經謂離垢國用以分別界限的金製繩索。

闢戒行宗

有相宗歸吾教，無相宗歸吾教，定慧宗亦歸吾教。戒行宗與吾為二，則佛道分裂，吾性尤有愧也。

次日，達磨師又至戒行宗，問曰：「何者名戒❶？何者名行❷？尚此戒行，為一為二？」彼眾中有一賢者，不道姓名，出席對曰：「一二二一，皆彼此生。」師曰：「依教不及於行內為非名，何名為戒？」彼曰：「我有內外，彼已知覺。既得通達，便是戒行。若違背說，俱是俱非，言及清淨，即戒即行。」師曰：「俱是俱非，何言清淨？既得通故，何談內外？」賢者在夢覺關，一呼即醒。謂師曰：「不登高不知天之高，不入底不知地之厚也。予始悟今是而聽辨矣。」師曰：「吾過數年，必往南渡。汝南渡後，功德廣大矣。」

美戒行詩：

一祖同仁佛量弘，不令度外蟹橫行。
宗名戒行非無謂，指出平川路上人。

---

❶ 戒：梵語 ila 的意譯。佛教名詞，指防非止惡的規範。

❷ 行：佛教名詞。身口意之造作。

賢者答詩：

一二二一出師傳，依教無緇❸曰戒行。
知覺達通無內外，是非清淨妙超玄。

達磨復詩：

依教即有染，破教曷云依。
通達是非故，揭封似剖籬。

❸緇：音ㄗ。黑色，此處指汙點，錯誤行為。

闢無得宗

四宗雖已開悟，無得宗與寂靜宗沉迷猶故也。達磨師不忍置之二宗於度外，亦欲收歸至一之中。一日，又至無得宗。問曰：「汝云無得，無得何得？既無所得，亦無得得。」彼眾中有寶靜者答曰：「我說無得，亦無得得。尚說得得，無得是得。」師曰：「汝得既不得，得亦非得。既云得得，得得何得。非得。」彼曰：「非得是得。若見不得，名為得得。」達磨師曰：「得既非得，得得無得。既無所得，尚何得得？」寶靜聞言，拜首謝曰：「若非金繩，誰開覺路？若非寶筏，幾墮迷川。弟子今知回頭矣。」達磨曰：「汝今虔心慕道，修完自然功德浩大。我今把二藏經卷與你收下。」靜者答曰：「謹依佛法。」

美五宗詩：

勸修無得偈❶言僧，得了真宗斷業根❷。
無得名宗應有意，請君為我說真原❸。

---

❶ 偈：音ㄏㄜˊ。何；什麼。
❷ 業根：謂罪惡之根。
❸ 真原：本源。

寶靜答達磨詩：

如來立教總歸無，不欲形聲帶覺吾。
眼內但知無是主，性靈有得亦俱徂❹。

達磨悟寶靜詩：

修佛無真得，如來解吾惮。
夢中人喚醒，披霧睹青天。

❹徂：音ㄘㄨˊ。往；到。

闢寂靜宗

最後，達磨師到寂靜宗問曰：「何名寂靜❶？於此法中，誰靜誰寂？」彼眾中亦有一尊者答曰：「此心不動，是名為寂。於法無染，名之為靜。」師曰：「本心不寂，要何寂靜。本來寂故，何用寂靜？」彼曰：「諸法本空，以空空故於彼空空，故名寂靜。」師駁之曰：「空空已空，諸法亦爾。寂靜無相，何靜何寂？」彼尊者一聞師言，如紅爐點雪，須臾❷融化。謝曰：「不得其門而入，不見宗廟之禮、百官之富。禪師今日之謂也。弟子何幸而聞萬言之美，方悟之矣。」

美闢六宗詩：

寂靜名宗出所傳，循名責實請君言。
區區亦有寂靜旨，不識參同❸與改轅❹。

---

❶ 寂靜：佛教名詞。脫離一切之煩惱叫做寂，杜絕一切之苦患叫做靜。
❷ 須臾：片刻；極短的時間。
❸ 參同：相合為一。
❹ 改轅：改變車行方向。轅，車轅。

尊者答達磨詩：

此心不動名為寂，於法無備靜所稱。
性內空空無一物，故名寂靜為若詳。

達磨悟尊者詩：

萬法盡歸空，誰教相寂宗。
慧人爐點雪，瞬息一陶融。

達磨嘆六宗

六宗未闢之先，各立門戶，與達磨師並立為二。六宗既悟之後，各去邪就正，與達磨師混而為一。由是，化被南天❶，聲馳五印❷，經歷六十載，普度無量力。眾所謂：妄不悟滅真，邪不能勝正是也。

美普度六宗詩：

六宗悔悟盡歸慈，化被南天譽溢閭❸。
六十餘年施普度，億千萬眾生亨衢❹。

❶ 南天：指南方。
❷ 五印：即「五印度」，指印度。古印度區劃為東西南北中五部，故稱。
❸ 閭：鄉閭。
❹ 亨衢：四通八達的大道。

異見王毀三寶

如來三寶❶之道，無一人不篤信，無一人不宗重，無不欽敬佛寶。獨達磨之侄有曰異見王者，不信佛道，輕毀三寶。謂：「虛無寂滅之教，當擯❷之門牆之外，再不令竄入於名教之中。」嘗對群臣曰：「朕之祖宗，敬信佛道，陷於邪見，致壽年不永，祚❸運亦促❹。且我身是佛，何更外求？善惡報應，皆因多智之人，妄搆其說，以簧鼓❺斯民。朕欲闢其非，以矯其誕，崇儒者中正之道，俾澤我生靈，鞏我皇圖可矣。」王雖明於黜邪，而闇於用舊。凡碩德元勳，為前王所敘用者，一旦廢黜殆盡，不令其列職於朝。

美毀三寶詩：

人皆信佛朕宗儒，不為虛無所惑愚。
試看祖宗崇佛教，壽年不永祚多虞❻。

❶ 三寶：佛教用語。佛教稱佛、法、僧為三寶。佛即指佛教創始人釋迦牟尼，也泛指一切佛；法即佛教教義；僧指繼承、宣揚佛教教義的僧眾。
❷ 擯：拋棄；排除。
❸ 祚：福。
❹ 促：短促；縮短。
❺ 簧鼓：用動聽的言語迷惑人。
❻ 虞：憂慮。

眾臣上建章❶休毀三寶

異見王即令指揮焚其三寶。眾臣諫曰：「我主因此小事，毀壞三寶，不可誤了佛法。昔有地藏王，無子只生三女。二女皆招駙馬，只有第三女妙善，堅心不肯招。國王聞知此事，大怒。即令其出家。其父再害他，即賜法場絞死。忽見一虎如天神似像，將他肉身背在山林。各樣神佛俱來朝拜。我主聽臣等奏，不可毀壞。臣各人俱是太祖麾下老臣，依臣等奏，臣等該奏不依臣奏，臣等退班。」異見王聞言大怒：「老賊無禮，把藏王比孤。眾武士聽吾旨，到下將數老賊打，罷官職，各人依律施刑。」

不用舊臣詩：

勳庸耆❷舊國之禎❸，不憖留澤遺眾生。
空國只因賢者去，門人孤立國騫❹崩。

❶ 建章：指上諫之奏章。
❷ 耆：音ㄑㄧˊ。古稱六十歲曰耆。指老人。
❸ 禎：吉祥。
❹ 騫：虧；損。

達磨再求見老臣

毀言出於一人，三世母國毀也。佛道不可毀也。不知其是不必重，既知其非不必毀。眼前惟聞尊信者為羅漢，不聞輕毀者為聖賢忠厚長者。毀言不出於己，毀佛無法祗新，其薄也。

達磨思救國王

達磨師自睹異見王所為如此，喟然嘆曰：「不信佛則忘善，不用舊則廢法，德薄者蒙厚禍。我不思坐視宗廟淪亡，當思有以救之。」即念無相宗二首領，其一波羅提者，與王有緣，將證其果，此可與使者。其一宗勝者，非不博辨，而與見王無宿因，此不可與使者。尚未令彼前行見王解說其身之禍時，聞六宗徒眾私相議曰：「國王有難，師何自安？」達磨師心會其意，而彈指❶應之。蓋欲有所指揮，第未宣洩於口也。徒眾聞指聲，相告云：「此是吾師達磨伶響之，我等宜速行，以副慈命。」即趨至師所，禮拜問訊。

達磨思見王詩：

國王毀佛召災危，貴疾禪師欲救之。
欲命波羅與宗勝，見王解說改其非。

欲遣六宗詩：

❶ 彈指：撚彈手指作聲。喻時間短暫。

六宗交口議其師，宗國淪亡坐不支。
忽聽達磨彈指引，疾趨席末聽支順。

宗勝潛見國王

達磨師識得徒眾來意，即啟口問曰：「一葉翳❶空，孰能剪拂？」宗勝厲聲應曰：「我雖淺薄，敢憚其行？師有指揮，惟命是諾。」達磨曰：「汝雖慧辨，道力未全，令汝見王，恐難感化。汝且退休，別有主議，不可愴悴。」宗勝潛自謂曰：「我師恐我見王，大作佛事，名譽顯達，映遮尊威，縱彼福慧為王。我是沙門，受佛教如來傳法，有何難抵敵見言？不信佛教，以致如此。弟子即下起行。」言訖，即潛至王所，廣說法要及世界苦樂、人天善惡等事，王與之往返，微請無不詣理。

宗勝、慧辨二人行至中途，遇見籠內有一鳥雀。宗勝欲度，返復問達磨師曰：「不能度之，何以達？」師曰：「汝此去分付他詐死，豈不度之。」宗勝拜謝即往。途中自嘆曰：「佛法無疆，我佛如來逢難救難，逢災救災。」慧辨曰：「我和你二人，在此歇息片時，有災逢難即救。」忽然有一孩童哭，哭啼乞救。宗勝問曰：「汝啼哭，何也？」其子答：「父母雙亡，家下無力資送埋葬，我欲自盡。」慧辨二人聞言，即取數兩黃金贈他，其子告別而去。有詩為證。

達磨解六宗詩：

達磨訊問六宗徒，一葉翳空孰剪除。

---

❶翳：音一。遮蔽。

和尚不嫌功淺薄，應唯宗勝敢推辭。

又詩：

汝雖慧辨無優全，難格王心改轍轘。

宗勝自吟禪教首，潛趨王所講人天。

屈於王辯

異見王素不信佛教，及見宗勝，屈於慧辨協理，即問曰：「汝所解說，其法何在？可明白論來。」宗勝曰：「佛法治化，可以比類而觀。欲知佛法，先當要論治化。且問王所云道其佛法安在。」王又問曰：「朕所有道，將除邪法。汝所有法，將伏何？」宗勝無以對。達磨師此時未離慈座，始知宗勝義墮。遽告婆羅提曰：「宗勝不稟吾教，潛行往化國王，而屈於理辯，汝可速救。」波羅恭稟師旨云：「願假❶神力。」即辭別而去。

行濟度詩：

宗勝沙彌慧辨雄，殿前解說有涵容。
訊君佛法今何在，明白條陳便信從。

又差波羅詩：

佛法王猷❷可例觀，緩譚佛法且譚君。

---

❶ 假：假借；憑藉。

詞窮莫應君王駁，分付波羅往解難。

西江月勸見王調：

王母瑤池駕鶴飛，蟠桃爭獻舞腰肢。
臘殘乳燕穿簾幕，春到流鶯囀柳枝。
香滿座□酒盈卮❸，神仙壽祝茂年詩。
庭前戲綵雙雛鳳，堂佛誦經十二時。

❷ 猷：音一ㄡˊ。道；法則。
❸ 卮：音ㄓ。古代盛酒的器皿。

波羅見國王

須臾，雲生足下，波羅提直至見王殿前，默然而位之。時王正與宗勝辨駁，忽見波羅提乘雲而至，愕然忘其問答，曰：「乘空來者，是正是邪？」提即答曰：「我非邪正，而來正邪。王心若正，我無邪心。」王雖驚異，而驕慢方熾，即擯宗勝，令之遠出。波提曰：「王既有道，何擯沙門？我雖無解，願王致問。」見王怒而問曰：「子之宗佛，必以佛為是也。且問何者是佛？」波羅提答曰：「佛之教，雖不滯於有，亦不淪於無。惟見性❶是佛而已。」見王又問曰：「師見性否？」提答曰：「我不見自性，惟見佛性。」王問曰：「性在何處？惟子所見。」波羅提曰：「性在作用上見之時。」王曰：「性蘊於中而難知，情發於外而易見。子徒作用上見性，蓋亦令我見之。」提曰：「性其作用，現前即是，王自不見耳。」王曰：「寡人作用上亦有性否？」提曰：「作用種種皆是，王若寂然不用，其體亦自難見。」王曰：「若當用時，現處有幾？」提曰：「陛下每日作用，其出現時大概有八。」王曰：「既有八處出現，當為寡人言之。」嘆然嘆曰：「佛法不可有誤。」波羅說偈云。

偈曰：

在胎為身，處世為人。

---

❶ 性：佛教名詞。指事物的本質。與「相」相對。

在眼曰見，在耳曰聞。
在鼻辨香，在口談論。
在手執捉，在足運奔。

又云：

偏現俱該沙界❷，收攝在一微塵。
識者知是佛性，不識喚作三魂。

❷ 沙界：佛教名詞，即佛教所謂恆河沙數三千大千世界，形容數量多至無法計算。

宗勝捐軀投崖

異見王聞波羅提所說偈言，方寸了然領悟，乃悔前日輕毀之非，而求今日逃歸之是。遂咨詢法要❶，朝夕忘倦，迄於九旬。宗勝先時用辨論不給，被王斥逐，遂退藏深山。自嘆曰：「我今日百出八十為非，師曾許我二十年來方歸佛道。性雖忍昧，行施瑕疵，不能禦難。我□□何用？因此事不能辨及見王，生不如死。」遂捐軀投崖。俄有神人以手捧承，置於□□□□此傷損。宗勝觀看，並無一人，真乃異哉！

異見王悔悟詩：

佛性須從作用求，國王聽說始回頭。
咨詢法要忘疲倦，深悔先年冒罪尤。

宗勝怍❷詩：

行紀瑕疵驗證修，不能禦難重遺憂。

❶ 法要：佛法的要義。
❷ 怍：音ㄗㄨㄛˋ。慚愧。

深為莫若投崖死，虛度浮生八十秋。

美宗勝詩：

衣冠復賜意惓惓，但恐相逢又見嫌。
且把一心行正道，管教父子得團圓。

（校按：原書應缺兩面）

若非假音鍾南貶，童女安求百歲盟。

見王差使迎接達師

宗勝聞了神人偈言，欣然即於岩間宴坐。此時見王在國中復問波羅提曰：「智辨雖出性生，亦由師訓。今日仁者諄諄智慧，果從學何人得來？」波提答曰：「師不在遠，子歸而求之，有餘師。問臣出家受業師，即婆羅寺烏沙婆三藏是也。若問臣出世師，雖名達磨，實王之叔菩提是也。天潰有仁者，王牒有如來。大王今日悟後之問，徒能羨人之，徒不能宗自之叔，竊為大王不取也。」見王聞祖名，勃然驚駭。久之謂波羅提曰：「鄙薄忝❶嗣王位，而超邪肯正，忘我德道之叔，取罪深重，偈維其已。」

國王詢問詩：

國王詢問波羅提，慧辨諄諄曷所師。
達師原係菩提子，王之叔父某依歸。

波提答詩：

菩提王叔某之師，超悟禪宗見性虛。

❶ 忝：謙詞，表示辱沒他人，自己有愧。

敕❷使請迎求懺悔，欽崇三寶求猶切。

又詩：

修佛無真德，如來解悟禪。
夢中人喚醒，披霧睹青天。

❷ 敕：音ㄔˋ。皇帝的詔令。

為王懺罪

次日見王迎接，具駕等候，迎請叔父返國。達師即隨使而至，為王懺悔前非。王聞達師規誡，即百拜泣謝。又詔宗勝歸國，左右大臣奏曰：「宗勝被王謫貶❶，自愧不能為王禦難，捐軀投崖，已亡多時。臣矯❷詔，不敢奉命。」王告其叔祖曰：「宗勝之死皆出於朕，不知大慈為朕如何懺悔，方免斯罪。」達師曰：「無傷也。宗勝現在岩間安息，有詔往召，彼即至矣。」王聞宗勝在，大悅，即遣使詔之。使至山中，果見宗勝宴坐崖下，禪寂自若。有詩為證。

迎達磨詩：

聞說從師出懿❸親，勃然變色覓心驚。
宗盟不意生真佛，詔使迎歸作福星。

見王賚❹詔詩：

❶ 謫貶：古代官吏因罪被降職並調至邊遠之地去做官。
❷ 矯：假託。
❸ 懿：美好。

宗勝投崖實朕愆❺，詔之還國傳經筵❻。
使臣奉詔山中召，見彼端然望石巔。

❹ 賚：音ㄐㄧ。以物送人。
❺ 愆：音ㄑㄧㄢ。過失；罪咎。
❻ 經筵：漢唐以來帝王為講論經史而特設的御前講席。宋代始稱經筵，置講官以翰林學士或其他官員充任或兼任。元明清三代沿襲此制，而明代尤為重視。清制，經筵講官，為大臣兼銜。

卷之二

宗勝從容辭詔

話說宗勝在岩中坐禪，忽見天使詔臨，即對使從容曰：「貧僧無能，不能分毫禆益❶國家，誓願老朽❷岩泉，證修佛事。王之國，濟濟多士。達磨是王之叔，現為六宗所師表。波羅提亦沙門領袖，法中龍象❸也。願王崇仰二聖，以福皇基。臣不敢奉詔，趨陪左右。煩使者善為我辭焉。」有詩為證。

宗勝岩中只自修，不從天詔棹❹歸舟。

---

❶ 禆益：補益；益處。

❷ 老朽：衰老、腐爛。

❸ 龍象：指龍與象。水行中龍力大，陸行中象力大，故佛教用以喻諸阿羅漢中修行勇猛有最大能力者。後指對僧的敬稱。

❹ 棹：音ㄓㄠˋ。船槳。

從容勸主尊親叔，領袖波羅亦合收。

又自敘詩：

老朽岩泉汲❺寸長，證修佛事度時光。
煩君善為辭丹詔，不得趨陪佐聖皇。

❺汲：從下往上打水。

達磨為王療病

本日，持詔官尚未復命，達磨師問王曰：「使臣奉尺三詔，知取得宗勝還國否？」王曰：「事難遙度，未可知也。」師曰：「一詔不至，再詔始來。」少頃，使還，呈上宗勝辭表，果如師語。王大驚服，再遣使詔之。師回，辭王曰：「臣且暫去，陛下當益修善德，臣瞻龍體，不久當有疾。」達磨師去後七日，王果得疾。國醫診治，日見加重，不見瘳愈。貴戚、近臣憶師前日辭去之言，即發使迎師曰：「主上遘疾❶彌篤，願請慈悲遠來診救。」師聞告，即隨使至闕❷問疾。此時宗勝承王再召，亦別岩間而歸國見王。波羅提亦趨至禁榻問疾。宗勝、波羅提問師曰：「目今當何施為，令主上免此疾厄？」師曰：「療疾無他策，著令東宮太子，為王宥❸罪施恩，崇奉三寶。復為懺悔，消除向日輕毀罪業。如是行事者三，王疾始愈。」有詩為證。

聖躬❹頤養❺失天和，預識將來有厄磨。

---

❶ 遘疾：得病。遘，相遇。

❷ 闕：古代宮廟及墓門前所立雙柱者謂之闕。後指皇帝所居之處。

❸ 宥：音ㄧㄡˋ。寬恕；原諒。

❹ 聖躬：猶聖體。臣下稱皇帝的身體。亦代指皇帝。

辭去叮嚀無別話，急宣修德保沉疴❻。

又：

國王遘疾勢幾危，急請慈悲為護持。
免難莫如消罪業，東宮太子好施為。

❺ 頤養：保養。
❻ 沉疴：重病。疴，音ㄜ。

達磨辭王南渡

達磨師在本國演教❶六十餘年。一日，念震旦緣熟，行化時至，乃令治裝❷戒行。先辭祖塔，次別同學，後至王所告行，且慰而勉之曰：「臣去後陛下當勤修百業，護持三寶。吾去非晚一九即回。」王聞師言，涕淚交集曰：「叔父去留，關國家休咎❸。此國何罪，彼國何祥。既云震旦有緣，去志已決，車轍非所能挽。弟慈悲雖大，惟願不忘父母之邦。功還果滿，早掉歸帆，姪之大幸。」有詩為證。

達磨辭王詩：

化行震旦適丁時，祖塔君王告暫違。
去後最宜勤百業，護持三寶福瘡痍❹。

王送達磨詩：

❶演教：指傳布佛教教義。
❷治裝：準備行裝。
❸休咎：吉凶；善惡。
❹瘡痍：創傷。指困苦的民眾。

猝聞門外駕驪駒❺，涕泗滂沱❻失所依。
震旦有緣行莫挽，梓桑❼之國莫交虛。

❺ 驪駒：純黑色的小馬。亦泛指馬。
❻ 涕泗滂沱：謂涕淚如雨。形容涕淚流得極多。
❼ 梓桑：亦稱「桑梓」。東漢以來一直以「桑梓」借指故鄉或鄉親父老。

國王海壖餞別

次日，異見王以叔父達磨師遠行，乃具大舟，與左右臣僚侈供帳，餞別於海壖❶之地。揮淚言曰：「離多會少，古語然也。叔父在國，不特寡人相安於無事。雖四境之內，亦相安於無為。慈悲❷一去，則南人幸而西人悲也。敢問歸期？」達磨曰：「臣忝奉教沙門，如來演教之身，普濟天涯之客，歸期無有定準，聚首亦難逆料。但有南渡，必有西歸。今日泛泛揚舟，他時翩翩葱嶺，是其驗也。」有詩為證：

叔父宜留鎮此邦，為何話別戒行裝？
海壖祖餞情難捨，回首天涯是異鄉。

達磨答王詩：

奉職沙門普濟弘，渡南難擬事功圓。
君王若問歸來日，葱嶺翩翩遇使旋。

❶ 海壖：海邊地。亦泛指沿海地區。壖，音ㄖㄨㄢˊ。
❷ 慈悲：此處指達磨。

達磨計伏蛟龍

達磨自西竺❶海壖之地，別親王而離鄉井，登大舟以渡南濱，無非為傳燈❷之事也。迨及❸海隅❹時，忽見巨浪滔天，有一蛟龍，形勢甚大，自下而升。其舟幾覆數次，在舟諸人無不驚愕。惟達磨師顏色不變，欣笑自若而已。從容言曰：「此特河海中一微孽耳，汝等何驚怖之若是耶？第此孽不除，終為大害。」復以佛帚指龍曰：「汝之大，吾弗虞也。吾患汝之變小耳。」須臾之時，龍果變小。達磨師遂以缽盂❺撈之，其龍猶如繩繫，莫之能動。達磨師以之擲於海，眾人皆異之。有詩為證。

達磨降龍詩：

湧水興波作浪濤，孽龍翻身並舟高。
予欲為人除大害，特今故把缽盂撈。

❶西竺：即指天竺，古印度的別稱。
❷傳燈：指傳法。佛法猶如明燈，能破除迷暗，故稱。
❸迨及：等到；到達。
❹海隅：亦作「海嵎」。大海的邊沿；海角；海邊。
❺缽盂：僧人的食器。

眾人美師詩：

妖龍興災害萬民，眾人無計可逃生。
幸得神僧降此孽，舟中自茲得安平。

達磨收伏神虎

自達磨師降龍之後，風息浪平，舟中如盤石之安矣。將及南海，達磨師登岸西行，遙見一座高山，巉岩❶峻嶺，林木森森。詢及行人：「前面高山是何處所？」行者答曰：「乃紫章三峰也。其中猛虎甚多，行路之人受其害者不可勝紀。汝僧獨自前行，祇自已其生耳。」達磨曰：「行止雖存乎人，死生實由於天。天壽予而虎不能為我夭。天奪予而汝不能為我留，猛虎其如予何？」遂不聽行者之言，遽❷爾前往。近山下，忽見一猛虎，猝然而至。達磨以佛帚招之，曰：「汝當斂跡藏形，毋傷生靈可也。」其虎搖首擺尾，如犬之逢家主不忍釋去。既而達磨前往，虎亦莫知所之。有詩為證：

自從西竺至海南，窮途哭阻也曾嘗。
披衣躡足❸忙登岸，未知何日返道壇。

行者答師詩：

---

❶ 巉岩：高而險峻的山岩石。
❷ 遽：音ㄐㄩˋ。匆忙；急。
❸ 躡足：輕步行走貌。

遙望高山名紫章，路人多被猛虎傷。
諭僧勿去從吾語，免得身軀受災殃。

達磨伏虎詩：

數步行來到此村，猝然猛虎出山林。
達磨忙將佛帚掃，搖首擺尾如犬形。

達磨舟達南海

達磨師自西竺至南海，登巨艦，泛重溟❶，經幾多風浪，值幾多險怪，凡三周寒暑，始達於南海。實梁普通七年庚子歲九月廿一日也。廣州刺史蕭昂，武帝族兄也，適在公署聽政，聞百姓報道，西方達磨師渡江，南來演教，遂洗心潔服，隆禮迎接。送至公館供養❷，每日叨陪❸左右，求其講解。百姓創見西來佛，紛紛禮拜皈依❹，咸願捐貲，鼎建殿宇，以普求濟渡。有詩為證：

一自登舟別海壖，三周寒暑達華區。
途中險怪兼風浪，歷歷身經若坦夷。

刺史迎接詩：

❶ 溟：海。
❷ 供養：佛教用語，佛教稱以香花、明燈、飲食等供奉三寶（佛、法、僧）為「供養」。此處指贍養、侍奉。
❸ 叨陪：謙稱陪侍或追隨。
❹ 皈依：佛教用語。原指佛教的入教儀式。表示對佛法僧三者歸順依附，故亦稱三皈依。

報道如來南渡江，慌忙顛倒著衣裳。
請迎公館隆供養，每日叨陪講法王。

百姓皈依詩：

創見西方活佛臨，紛紛禮拜乞金繩。
捐貲建殿須臾事，蓋為慈悲解濟民。

蕭昂具表奏君

蕭昂以達磨南來普濟，甚盛心也。況主上宗信佛教，一聞有僧南來演化，甚折節❶也。事不容閟，乃具表奏聞武帝。武帝閱表，龍顏大喜。謂左右臣子曰：「此寡人誠心所感，事佛之報也。」遂遣使備法駕，至廣州迎請。又詔蕭昂護送達磨佛，至金陵見駕。帝一面發庫藏，鼎建寶殿，以作如來宅舍；一面詔中書生繕寫❷經卷，以便如來講解。

刺史具表詩：

蕭昂具表奏梁王，達祖南來降吉祥。
利益國家非小可，顒祈宸❸斷自參詳。

梁王遣使詩：

---

❶ 折節：指屈己下人。
❷ 繕寫：抄寫。
❸ 宸：北極星所居，即紫微垣。借指帝王所居之宮殿，又引申為王位或帝王的代稱。

梁王見表悅龍顏，事佛殷勤果報來。
遣使請迎無少緩，詔令護送至京臺。

梁王建寺詩：

達磨南渡闡如來，梁王殷勤建殿臺。
迎至金陵相接見，捨身事佛亦何騃❹。

❹騃：音ㄞˊ。傻；愚。

梁王接見達磨

達磨師在公館坐禪，忽謂刺史蕭昂曰：「君可促裝❶，朝中遣使迎請，法駕不久及門，詔君護送。及今未至，可將州事托付何人署理。擬不日予與君行矣。」刺史尚未之信。越兩日，詔書果至，一如達磨師所言。蕭昂愈傾心敬服。及師迢遞至金陵，武帝沐浴齋戒，旗幡鼓樂，燈燭香花，自出都城迎接。本日，車馬塡街，人民塞市，一則爭睹人王，一則快覩活佛。此時此際，沉檀撲鼻，簫管沸耳，幢幡❷奪目。縉紳❸失其貴，甲冑❹失其勇。雖堂堂天子，亦不自知尊貴，惟知達磨之為大矣。

達磨坐禪詩：

坐禪出定白蕭昂，速備車輿❺待啟行。
明日九重丹詔及，責尹護送面君王。

❶ 促裝：謂急忙整理行裝。
❷ 幢幡：音ㄔㄨㄤˊ ㄈㄢ。指佛道教所用的旌旗，寫有佛號或經咒，建於佛寺或道場之前。幢指竿柱，幡指所垂長帛。
❸ 縉紳：舊時官宦的裝束，插笏於紳帶間。借指士大夫。
❹ 甲冑：鎧甲和頭盔。泛指武士。
❺ 輿：車。

梁王迎接詩：

梁王事佛果虔誠，佛至金陵出郭迎。
鼓樂喧闐❻香撲鼻，旗幡燈燭耀人明。

百姓爭睹詩：

人民塞市馬填街，爭睹西天活佛來。
甲冑縉紳忘勇貴，堂堂天子亦微哉。

❻喧闐：喧嘩，熱鬧。闐，音ㄊㄧㄢˊ。充滿。

梁王捨身事佛

武帝接著達磨，執弟子禮，侍立左右，命儀衛如王者送至新佛殿安頓。武帝亦隨至新佛殿參謁❶。此時，觀見達磨慈容燁燁❷，寶像煌煌❸，恨不得與之俱化，又踵舊日所為耳。願捨身事佛。又出帑❹內金銀，為建道場功果。君者，民之表。一國人王，尚自捨身事佛。天下效尤，又孰不願為佛事。書云「梁王事佛尤謹」，此之謂也。

武帝捨身詩：

慈容寶像耀煌煌，願捨真身事佛王。
帑內金銀如土芥，道場功果鬧天堂。

百姓捨身詩：

❶ 參謁：此處指瞻仰。謁，拜見；進見。
❷ 燁燁：明亮；燦爛。
❸ 煌煌：明亮輝耀貌；光彩奪目貌。
❹ 帑：音ㄊㄤˇ。財帛。指藏金帛的府庫，即國庫。

堂堂天子鎮華夷，百姓觀瞻作表儀。
萬乘帝身甘事佛，卑卑黔首❺悉捐軀。

❺黔首：此處指百姓。黔，黑色。

梁王自矜功德

武帝自接見達磨，叨陪不離左右，自矜❶其功德。問曰：「弟子自即位以來，宗信佛教。平日在國中，恐棲佛無所，則為建寺；恐誦佛無本，則為寫經。若此之類，不可勝紀，不知有何功果？」達磨曰：「如來功德，貴務其大者、實者。主上造寺、寫經，此卑卑人天小果。有漏之因，如影隨形，雖有非實。何功德足云。若以此為功德多見，其不知量也。」武帝憮然❷自失，又側席❸問曰：「如聖人所云，必何如作為，乃為真實功德？」達磨曰：「淨智妙圓，體自空寂。如是功德，不以世求，一味在性靈上體認，所謂大者、實者。寺創與經之繕寫，初不關於修持急務，縱不暇及，亦不言其修證有虧。」

梁王矜功寺與經，人天小果漏之因。
智圓體寂真功德，不落人間色與聲。

❶ 自矜：自負；自誇。矜，自尊自大。

❷ 憮然：形容悵然失意的樣子。

❸ 側席：不正坐。謂因憂懼而坐不安穩。

武帝不悟經義

梁王自談功德之後，始不事外面作為，收入在性中修證。第著己用功者，由精會粗易；郛郭❶從事者，由粗入細難。梁武浮名好佛，兢兢❷在言語文字上探討，及至談禪語偈，漠然無得也。一日，帝又請問達磨師曰：「聖諦❸之文，弟子口嘗誦之；聖諦之義，弟子心嘗思之。其奧妙精微，非淺鮮胸襟所能測識第一義之旨，今願竊有請也。」達磨曰：「聖諦之義，文字雖□□，一言以蔽之，曰郭然無朕而已。朕之一言，至矣，盡矣。」梁武解誤，則文字化為真詮❹。達磨南來，還佛梁武，其首班矣。帝惟不然，又問曰：「對朕者誰？」達磨曰：「不識夫？不識即無朕，無朕即不識，不識、無朕二而一者也。」帝猶然不悟。佛家點化❺弟子，只在一字之間。三教不解，機不合矣。規規為虛文所拘留，非達磨西來之意也。本月十九日，不告於王，遂潛回江北。十一月廿三日，屆❻於洛陽。當魏孝明帝正光元年，寓止於嵩山少林寺，面壁而坐。終日默然，人莫之測識，謂之壁觀❼。

❶ 郛郭：古代指城外面圍著的一道城牆。泛指城郭、城市。郛，音ㄈㄨˊ。
❷ 兢兢：精勤貌。
❸ 聖諦：佛教用語。意譯為神聖的真理。
❹ 真詮：猶真諦。
❺ 點化：指僧道用言語方術啟發人悟道。
❻ 屆：至；到。

梁武浮名好佛詩：

如來修證性中求，郛郭工夫逐浪浮。
只向語言為探討，方圓齟齬❽不相投。

梁武請問聖諦詩：

聖諦如來第一篇，其中意義必精玄。
請師乞為明開示，俾得持循作聖美。

達磨答武帝詩：

要知聖諦其中義，無朕之精自廓然。
陛下洞知無朕妙，西方佛果已修圓。

❼ 壁觀：佛教禪宗用語。相傳禪宗初祖菩提達磨禪法的特點是心如壁立，後世解釋為「面壁靜觀」。

❽ 齟齬：音ㄐㄩˇ ㄩˇ。上下齒不相對應。比喻抵觸、不相投合。

梁武帝不悟詩：

一隅甫舉反三隅❾，始足談玄號上儒。
三四發明渾不解，依然蔽錮一愚夫。

達磨潛回江北詩：

出書依回不舍王，為王可武與為湯。
梁王不是如來器，決志潛回底北江。

達磨嵩山面壁詩：

少林嵩岳好修持，面壁其中寂語詞。
匪為一身完證果，多因等待續燈兒。

---

❾ 一隅甫舉反三隅：論語述而：「舉一隅不以三隅反，則不復也。」後以「舉一反三」謂觸類旁通。

達磨嵩山演教

達磨在少林寺面壁，從遊之徒，有道副、道育、尼總持諸人，朝夕趨陪，以求濟渡❶。評三子證修，雖有淺深不同，然遊於達磨門者彬彬皆偉物，無棄物也。所謂升堂矣，第未入於室也者。達磨因梁武顓在言論上修持，不從寂靜中證悟，卒於佛無成，於道無得也。遂懲此弊，一味面壁而坐，以寂滅示三子。壁雖障於目前，彼之剖破藩籬，達觀無際。壁不能翳其毫忽。居於方內者，覺面前多封閉垣牆。超於域外者，眼裡無全牛。覺層巒疊壁列於前，彼視之皆空矣。故達磨九年面壁，不特達磨心堅石穿，壁因達磨坐觀，亦化其頑石，勒成一尊達磨。迄今嵩山石壁，儼然有達磨尊遺像。非其坐觀之大驗歟？

三子從遊達磨：

達磨選佛到中華，爐冶英才作葉伽❷。
三子共沾春雨露，兢兢鼓棹覓靈槎❸。

❶濟渡：佛教謂救度眾生脫離苦海。

❷葉伽：即迦葉。迦葉，全稱「摩訶迦葉」。即「大迦葉」，亦作「迦葉波」、「迦攝波」等，意為「飲光」。釋迦牟尼的「十大弟子」之一。於靈山會上，受佛正法眼藏，傳佛心印。

❸靈槎：能乘往天河的船筏。泛指船。槎，木筏。

三子所造不同詩：

學業難教一律齊，彼蒼賦稟有賢愚。
譬諸草木分區別，何獨於人有所疑。

達磨面壁示教詩：

達磨面壁意深微，示眾修持志莫移。
勿道眼前堅莫鑽，工夫克己剖藩籬。

達磨觀壁皆空詩：

石壁徒能障淺衷，高人達覽境皆空。
性天湛湛原無物，壁立參前有主翁。

頑石肖像達磨詩：

自古人為萬物靈，從來有志事終成。
試觀面壁嵩山石，日久年深肖像形。

神光棄儒從釋

婆羅門有一僧人名神光者，人品清俊，資性聰慧，表表一曠達之士也。久居伊洛❶，博覽群書，善談玄理。每撫髀❷嘆曰：「孔老之教，禮術風規；莊易之書，未盡妙理。孔老，予不獲出入其門牆；莊易，予不獲從遊其左右。與其浮慕前修，勿若求師近代。何代無賢，顧人自得耳。」神光進退於儒釋之間，終舍正學而從左道。故功名富貴，等若浮雲；證果修持，好如飴醴❸。有詩為證。

神光曠達詩：

儀表魁梧行莫羈，靈襟空洞逸繩規。
偉材若付良工手，斲❹就能將大廈支。

神光博覽詩：

❶伊洛：伊水與洛水。因兩水匯流，故多連稱。
❷髀：音ㄅㄧˋ。大腿，也指大腿骨。
❸醴：甜酒。
❹斲：音ㄓㄨㄛˊ。砍；削。

不直堂堂具表儀，無形儀表富襟閑。
笥❺經莫擬便便腹，敢謂身肥沒字碑。

神光好佛詩：

家雞野鶩❻兩提衡，厭舊歡新出世情。
二祖若教難誑誘❼，達磨衣鉢孰相承。

❺笥：音ㄙˋ。盛飯或盛衣物的方形竹器。
❻野鶩：野鴨。
❼誑誘：欺騙、誘惑。

神光欲從達磨

神光僧聞達磨大士乃西天得道比丘❶也，現寓止於嵩山少林寺面壁，欣欣喜曰：「纔說無師卻有師，古人負笈從師，不憚千里，況嵩山去此甚近。所謂至人❷不延，學步即親者也。欲求解脫，非至人點化不可。欲師至人，非從遊其門不可。有志而莫之學，是謂自棄。有師而（校按：原書下缺一面）嵩山少林寺，參謁達磨，求其訓誨。達磨見神光之來，恐亦好名之士，易為遷就搖惑，不專志傳燈者也。達磨南來，正欲得中人以上與之語上，勿論他後日得髓，且試他今日來意。意稍不誠，一挫即卻矣。故面壁自若，不知身後有人參謁。緘默❸自若，不知左畔有人乞言。神光僧不以師為吝教，惟罪己為不誠。來意精專，可盟金石。師坐終日，彼亦侍立終日。師面壁坐，彼面師立。師不語，彼不去。如此效誠者半月。有詩為證。

神光參謁達磨詩：

---

❶ 比丘：梵語 Bhiksu 的音譯。佛教用語。佛教指出家修行、受具足戒的男僧，為佛教出家「五眾」之一。意譯為「乞士」，因僧人須乞法、乞食，故稱。

❷ 至人：指思想或道德修養、修行最高超的人。

❸ 緘默：閉口不言。

躬往嵩山謁達磨，求他容授說波羅。
至人若肯傳神髓，大地黃金酪❹攪河。

達磨面壁自若詩：

面壁無言匪拒人，示渠默坐作持循❺。
參師即領參禪旨，豈謂規規試意誠。

神光來意精專詩：

從師學道匪沽名❻，師不優容意不誠。
面壁端然無指示，面師屹立效章程。

❹ 酪：用牛、馬、羊的乳汁做成的半凝固的食品。
❺ 持循：猶遵循。
❻ 沽名：獵取名譽。

神光勵志求師

一日神光僧又自思曰：「不鑿石，不逢玉。不淘沙，不見金。奕秋小數，不專心致志，且不得也。況如來宗旨，可以二三之見求之乎？且古人刻志求佛，遺行班班❶可考。有敲骨取髓者，有刺血濟飢者，有布髮掩泥者，有投崖飼虎者，若此之類，難以枚舉。況我又何人，敢不益勵乃心，肯以師不禮貌輒少變其志。佛難人為，輒委靡其行乎？」

神光立志詩：

美玉精金出鑿淘，奕秋小數致專求。
如來無價金和玉，絲髮因循不到頭。

神光倣古詩：

古人學道意精專，飼虎投崖效滴涓❷。

---

❶ 班班：絡繹不絕貌；盛多貌。
❷ 滴涓：即「涓滴」，點滴的水，喻微小的貢獻。

刺血濟飢並取髓，掩泥布髮事班班。

神光策勵詩：

古人為道幾捐生，何獨區區不殞形。
得與達磨為弟子，勝如虛度過浮生。

神光立雪從師

神光僧為從師志一，慕道精專，忘卻天時人事。時當十二月九日夜，天大雨雪，使非勵志之夫，鮮不畏寒卻步矣。彼依然堅立不動，惟知求教明心，不知六花❶裂體。逮❷遲明，積雪過膝，其寒冷當何如者。自常人論之，身為重，道為輕。縱師不以我為誠，亦不關甚緊要，何為苦節如此。彼則謂：「師之難我，雪之侵我，未必非彼蒼玉成之意。過膝何足恤❸，縱雪積過腰，亦所甘心也。此情此際，雖鬼神可格，金石可大矣。」達磨師始憫而問之曰：「汝久立雪中，當求何事？」光含悲曰：「惟願和尚慈悲，開甘露門，廣度群品❹而已。」

神光立雪詩：

露領銜寒立雪中，雪深過膝不移蹤。
從師勵志誠如此，得髓真傳捷利鋒。

---

❶ 六花：指雪花。雪花結晶六瓣，故名。
❷ 逮：及。
❸ 恤：憂慮；顧惜。
❹ 群品：佛教用語。謂眾生。

達磨問神光詩：

雪中久立欲何求？耐冷精誠貫斗牛。
知爾遠來應有意，為觀春色到皇州。

神光叩達磨詩：

弟子從容復聖師，恭承明問發愚慮。
慈悲普度諸群品，甘露門開萬彙蘇。

卷之三

神光斷臂見志

達磨師見神光僧所為濟人而非濟己，利物而非利身，志向可謂公且偉矣。遂與言曰：「諸佛無上妙道，曠劫精勤。雖難行而實能行，雖非忍而實所忍。若水小德小智胸襟，輕心慢心學問，一旦希頓悟其真乘，徒勞勤苦，何免於得哉。以子之立雪志非不堅，以子之普度心非不廣。第適所云無上妙道，非僅僅耐冷之夫，頓超真乘，而諸滿慈悲之願也。」神光僧本日聞師誨勵，感激與奮迅交併，自思曰：「天下無難事，都因心不專。立雪不足以見志，斷臂始足以鳩心❶。」乃潛取利刀自斷左臂置於師前。達磨師見其剴切❷如此，嘆曰：「真如來法器也。」遂為弟子。有詩為證。

論道精妙詩：

---

❶ 鳩心：用心專一。

❷ 剴切：切實；切中事理。

妙道難行卻厲行，忍而非忍兩交橫。
纖微智德能希悟，輕慢之心得上乘。

斷臂明志詩：

世無難事貴心專，聞教徬徨著祖鞭。
斷臂鳩心一師前，任渠鐵硯要磨穿。

達磨為光改名

且說達磨師自得了神光弟子，潛自喜曰：「不意晚年獲一佳士，不惟如來宗旨有托，吾南來選佛之應，亦不虛矣。」一日，喚而謂曰：「上古諸佛，最初求道，每每為法忘形。子昨斷臂吾前，亦不亞古人。七形苦節，且智慧不搖，勤求可與。吾為汝更名曰慧可。命名有深意，子當顧名思義。慧者益求其慧，可者益求其可。愈證修則愈渾化，直至無慧名無可稱，方為功行完滿。」有詩為證。

喜得神光詩：

神光堅志遂凡庸，異日傳燈作正宗。
吾道有人吾志遂，寸衷不覺已怡融。

誇美神光詩：

古人求道每捐軀，斷臂神光志亦孚❶。
苦節方能傳妙道，如來殘照屬吹經。

❶ 孚：信用；誠實。

為光改名詩：

沙空最重慧超群，篤志勤修始可揣。
子諱可更為慧可，顧名思義大吾門。

三美神光詩：

神光參謁意何誠，積雪侵膚動憫情。
不是利刀傷左臂，達磨還不為更名。

慧可請問法印

神光僧獲備員為達磨弟子，又幸達磨為之更名，不勝雀躍，以得承訓為幸。一日，從容請曰：「弟子從遊門下，為作佛也。顧作佛自法印❶始，不知諸佛法印，可得聞乎？」達磨欲慧可收斂，在靈性上用功，不欲在見聞上探討。故應之曰：「諸佛法印，匪從人得。」慧可聞言，即悟曰：「人在郛郭，心者性靈。師曰『匪從人得』，心從心悟可知已。」自後，慧可言語文字，皆視為糟粕，一片在性靈融會體認。

慧可請問詩：

備員弟子為更名，雀躍超筵藉玉成。
諸佛先年為法印，乞師逐一為聞陳。

達磨回答詩：

❶ 法印：梵文 Dharmamudrā 意譯。佛教用語。指佛法的印契，佛教以「諸行無常」、「諸法無我」和「涅槃寂靜」為三法印，作為基本教義和識別佛經真偽的標準。凡不符合「三法印」的皆稱「外道」。確定不移，故稱印。

法印雖從諸佛遺，世人未可得精微。
達磨微白形骸點，慧可融通悟骨脂。

岳神聽師講經

一日，慧可、道副、道育諸徒在法堂坐，聽師講經說法。忽見一老者，姿容蒼古，冠服莊嚴，步履從容，言談慷慨，直趨至法堂求達磨講經。諸徒接見，道是坊郭致仕隱翁，獨達磨識是嵩山岳帝，不洩其機，與之進，待以賓禮，賜之坐，以聆講說。本日，慧可僧當直，尚未進經開講，先啟口問曰：「太宇清寧，天君寂若，庶幾妙道有得。今弟子心多震撼不寧，何以能悟無上宗旨？講經□□安心意焉，請師且為弟子安此未寧之心。」師曰：「汝欲心寧，可將心來安。」慧可曰：「覓心了不可得。」師曰：「既不可得，則子心境吾已安之矣。」老者獲聞安心之說，不覺了然大悟。降階謝曰：「經從耳進，須用心融；心稍不寧，則上人開發祗說鈴也。弟子所以去佛道遠者，亦為染著聲臭色相，天君所以膠擾不寧。今後予知所從事矣。」慧可曰：「心本常空常寧，滯有則實，徇象則擾。吾徒必境象兩忘，始為了證佛事。」師曰：「二子之談善哉。」本日遂輟講，相笑而別。

岳神趨堂聽經詩：

蒼古姿容步履閑，服弁❶莊重偉言談。
趨堂為聽禪師講，二子驚疑輟仕官。

---

❶ 服弁：衣服和帽子，指衣著。弁，音ㄅㄧㄢˋ。古代貴族的一種帽子，通常穿禮服時用之，後泛指帽子。

慧可求師安心詩：

慧可經筵啟達磨，天君擾攘失安和。
談經未落安心急，不識金鍼砭❷若何？

達磨點化安心詩：

子欲安心詎❸有他，覓心擾□□□□。
太宇清寧無覓處，子心祖餞兩□識。

岳神有感詩：

吾心染著色和聲，膠擾心中不獲寧。
今日獲聞師指點，始知從事□□□。

❷ 砭：古代用石針刺穴治病。
❸ 詎：副詞。表示反問，相當於現在漢語的「難道」、「哪裡」。

慧可感悟詩：

常空性地與常寧，循象之夫擾失平。
境象兩忘真體現，參禪妙決已無贏。

道育讚嘆詩：

佛法相傳總是心，虛無寂滅是金鍼。
靈台染著些兒物，不是如來去後音。

國王思慕達磨

且說異見王自別達磨以後，無日不捲捲❶而語其西福也。一日，備辦貢儀，謹□□□□而書一通，遣使南渡。一則進貢中國以□□，一則迎接達磨以還國。時魏莊帝永安元年正月五日也。魏帝覽其奏問，收其貢儀。來使曰：「汝國王欲接達磨西渡，現今達磨客居少林，去往少林寺，旦暮遇之矣。」言訖，宴待來使於五鳳樓，詔宋雲出使西域。

國王遣使南渡詩：

自憶當時別叔尊，海壖祖餞兩□識。
懸懸終日空振望，冥冥數載雁無影。
春去春來人不見，修書遣使渡南濱。
一來貢獻中華主，更欲覓訪骨肉親。

宋雲奉詔西域詩：

❶ 捲捲：懇切。捲，通「拳」。

一自丹鳳❷下九重，宋雲整冠答聖聰❸。
奏請天朝因終事，遣汝賫詔往西戎❹。

❷丹鳳：頭和翅膀上的羽毛為紅色的鳳鳥。喻下達詔書的使者，亦指詔書。
❸聖聰：舊稱帝王明察之辭。
❹西戎：古代西北戎族的總稱。

少林寺訪師

宋雲奉詔往西域，武王偕西域使同塵❶少林寺訪問達磨。達磨在少林寺，面壁而坐。西域使臣將見王之書奉達磨之落。達磨覽之，不勝歡欣，曰：「國王安否？」使臣曰：「無恙。」達磨又曰：「功完行滿有定虧，何勞遠來以受此奔波之苦乎。」使臣曰：「此職分之所當為，何足恤哉。」達磨又詢問宋雲曰：「差大夫往西域封王耶？」宋雲曰：「然。但西域風俗事宜，未之竊領問焉，明以示我。」達磨曰：「風俗事宜紛紛繁雜，一語不足以竟其毫末❷。差大夫乞言於來使可也。」宋雲聆此語，雖慧悟於心靈，亦不能洞達其旨鏡。達磨囑來使，恭身都辭師去：「莫待予言而後何，但予有數語留為後驗。」遂說讖曰：

火另勿生心，山具令人尋。
兩木不同根，目九亦非真。

後有詩為證，詩云：

---

❶ 同塵：同路；同行。
❷ 毫末：毫毛的末端。比喻極其細微。

禪師語句意玄玄，心中躊躕❸不情然。
今日少林分別去，未知相逢是何年。

❸ 躊躕：猶豫；遲疑不決。

志欲西歸

達磨師在少林別了宋雲，面壁九年，功完行滿。一日，欲西返天竺，乃謂從遊眾門人曰：「吾十年遇般若師傳授，謂六十年以前，當在本國行化，所謂時未至不敢出。六十年以後，當往震旦行化，所謂時已至不敢違。且曰，震旦之地，所獲法器❶菩提，不可勝紀。從遊眾生，令之契悟❷神明，勿規規❸徇有。為功業南渡，未幾即可西歸，無得久住。今我兢兢佩服師訓，六十年前在西竺，六十年後在中華。自南海登岸，接見蕭昂，金陵獲瞻帝主，嵩山知遇汝輩，一味在契悟神理上發揮，勿令眾生浮慕。有為事業雖班班皆我之身教，實源源遵師之心法也。果南方法器菩提不可勝紀，第佛化少弘，功行小滿，吾能久拘此哉。歸欣欣，可止則止，可行則行，時不我與，汝諸生其謂之何。」眾徒曰：「願師久住中華，濟渡萬方群品。」有詩為證。

達磨述師訓詩：

般若曾將道授予，時行時止作從違。

❶ 法器：佛教名詞。佛教指具有學佛弘法善根、傳承佛法才器的人。

❷ 契悟：猶領悟。

❸ 規規：淺陋拘泥貌。

渡南廣有菩提器，也合西歸勿滯濡。

又詩：

憶自登舟達海南，蕭昂梁武及諸□。
皆令性地參神理，不在施為事業繁。

又：

中邦❹演教已多年，法器菩提滿座筵。
震旦不能留跡住，洞庭湖裡駕歸帆。

❹ 中邦：中原；中國。

初授慧可

達磨師欲將如來衣缽傳與諸徒，不知何人可膺❶重托。又謂眾徒曰：「時至矣，菩提將不久去矣。汝等從遊有年，欲將正法付汝行持❷。汝無謂隔塵難言，試各言所得，我將採焉。」一門人名道副者先言曰：「如弟子所見，不執文字，不離文字。意者可以傳正法乎？」達磨曰：「子之所見，徇外遺內，得吾之皮。可與共學者也。」次一人名尼總持者白其所得曰：「某亦惡乎見哉。弟子今日所解如慶喜見阿閦佛國，一見更不再見，如此而已。意者如來正法屬我行持乎？」達磨師曰：「子之所見，入而未深，得吾之肉。可與適道者也。」繼二子之後，一門人名道育者，第三進曰：「育也，其庶乎四大❸本空，五蘊❹非有，而我所見處，無一法可得。此可以傳正法乎？」達磨曰：「子之見，非得吾皮，非得吾肉，

---

❶ 膺：承當；擔當。

❷ 行持：佛教用語。謂精勤修行，持守佛法戒律。

❸ 四大：梵語 Caturmahābhūta 的意譯。亦稱「四界」。佛教名詞。指地、水、火、風四種。地大，性堅，支持萬物；水大，性濕，收攝萬物；火大，性煖，調熟萬物；風大，性動，生長萬物。故世界萬物和人之身體，均由四大組成。佛教以此說明人身無常，不實，受苦。

❹ 五蘊：梵語 Skandha 意譯，又譯「五眾」、「五陰」。佛教名詞。蘊，意為積聚、類別。即「色蘊」、「受蘊」、「想蘊」、「行蘊」、「識蘊」。此五蘊作為對一切有為法的概括，狹義為現實人的代稱，廣義為物質世界和精神世界的總和，是佛教全部教義分析研究的基本對象。

大而未化，乃得吾之骨也。」最後，達磨問慧可曰：「爾之見何如？」慧可曰：「異乎三子者之擇。」達磨曰：「何傷乎，亦各言其志也已。」慧可本日默默不言，只頓首禮拜其師，拜畢依位而立。三子哂❺之曰：「不白所將書言，惟示所為於身，吾不知其何所長也。」達磨喟然嘆曰：「必如子之見，始得吾之髓。子其達權人哉。吾與可也。」遂以如來正法眼❻，囑授慧可，且示以偈云：

吾本來敬土，傳授救迷情。
一花開五葉，結果自然成。

達磨問三子所得詩：

時至予將別爾歸，如來法眼屬行持。
諸徒各白心中得，以便傳燈與授衣。

道副陳所得詩：

❺ 哂：音ㄕㄣˇ。譏笑。
❻ 正法眼：正法眼藏。佛教用語。又名清淨法眼。佛的心眼徹見正法，名正法眼；深廣而萬德含藏，謂之藏。相傳釋迦牟尼以正法眼藏付與大弟子迦葉。

道副開先白所長，只從文字作行藏。
不知紙上皆糟粕，非執非難眾亦忘。

總持陳所得詩：

總持解見亦無他，一見阿羅即玉家。
釋氏正宗堪付托，秤星❼莫認定盤差。

道育陳所得詩：

四大本空五蘊無，正宗寂滅庶幾乎。
秤星見處法無得，可作沙門一嫡嗣。

慧可陳所得詩：

慧可惡乎撰異哉，向師禮拜效埍埃❽。

❼ 秤星：桿秤上的花星。多以金屬鑲嵌在秤桿上呈小圓點狀作為計量的標誌。

少回依位從容立，不見言談緩煩腮。

達磨評三子詩：

道副襟期亞總持，總持道育莫平提。
二子僅得吾皮肉，道育侵侵及骨扳。

獨與慧可詩：

看爾雍容不垢浮，真宗妙悟幾回頭。
依吾立處如登岸，笑指慈航❾法水流。

❽ 埍埃：即「涓埃」。細流與微塵。比喻微小。
❾ 慈航：佛教用語。謂佛菩薩以慈悲之心度人，如航船之濟眾，使脫離生死苦海。

江北龍吟虎嘯

達磨之歸，不特眾生欲期留，百物亦不利其去也。江北自達磨潛回以來，聞說少林寺有龍來禮師說法，有虎來伏地聽經。如此者數年，師不為怪，人不為異。及達磨師志欲西歸，物亦效靈❶。江北父老，夜夜見空中一龍，不興雲，不佈雨，只一味吟躍，其聲悲憫，殊有可憐之色。夜夜又見山中一虎，不呼風，不攫❷物，只一片嘶叫，其聲哀號，殊有善忍之情。父老相謂曰：「邇來❸龍虎徹聲吟嘯，非關國家氣數❹，必應偉人去留。不出月旬，定有效驗❺。」

龍吟詩：

靈物空中徹夜吟，想應曾聽達磨經。
知師不久西歸去，故爾徬徨為阻行。

---

❶效靈：顯靈。
❷攫：鳥獸以爪抓取。泛指抓。
❸邇來：猶近來。
❹氣數：氣運；命運。
❺效驗：成效；效果。

虎嘯詩：

咆哮山君徹夜號，亡因失侶嘯江頭。
少林伏虎人將去，不吝哀鳴為挽留。

父老詩：

龍躍於淵世道亨，渡河虎北政聲清。
邇來龍虎相吟嘯，必為高人兆生死。

嵩山鶴唳猿啼

嵩山，中岳山也。其上有太屋、石室為高人修養之所。往時，有志人將去，旬日，猿啼必為唳。況達磨在此山少林寺面壁九年，妖魔懾伏，春動好修。達磨昔日講經，猿猴也曾獻果，仙鶴也曾啣花。一坐歸去，猿鶴失去主人，若無所依。猿聲啼破天邊月，鶴唳悲殘五夜風。叫者寒心，坐者酸鼻。太屋、少室、石室修持釋道，雖互相驚疑，卻不知其為面壁推奨，以功有菩薩將行達磨也。惟達磨自知之。自後，不告門人，一面修潔以待其時之所至。有詩為證。

猿啼詩：

喜各悲離物有然，至人感化效修緣。
玄賓何為啼長夜，面壁山翁整別筵。

鶴唳詩：

羽衣修整號仙胎，不去玄門覓侶儕❶。

❶ 侶儕：同伴；同輩。儕，音ㄔㄞˊ。

徹夜枝形聲唳歷，講經人去幾時來。

釋疑詩：

猿聲啼罷鶴聲連，應驗吾儕行果❷圓。
人去此山誰是主，終宵驚破客心禪。

❷ 行果：修行與果報。果報必依行業之因。

燈幡迎接達磨

且說嵩山好修之人，聞終夜猿啼鶴唳，攪亂禪心，不安晝寢。有數步登高以占紫氣者，適見少林寺外，燈燭耀煌，旗幡紛隊，張蓋司香，羿輿掌駕，會集如林，不可勝紀。少頃，又見山行外，投刺❶者投刺，遞簡者遞簡。不逾時即佈散而去。如此者數晚，眾人始知少林寺面壁之師不次日。諸人潔己趨前，願求普渡。達磨師俱為講經說法而罷。再聽下卷分解。

美達磨詩：

攪亂禪心寐不安，效占紫氣出藍關。
少林寺外多燈燭，面壁岩前簇寶幡。
張蓋司香人隊隊，羿輿掌駕卒班班。
寺人投了恭迎刺，標擬今冬十月還。

告眾人詩：

❶投刺：投遞名帖。

昨夜峰頭望少林，門前車馬簇如雲。
達磨面壁東來阻，愧殺庸愚不識人。

卷之四

土神望請問岳帝

中岳帝王遵常例，每年會集四岳❶，一度朝天。本日，岳帝自玉京朝罷歸來，詢本山土神曰：「朕往上界覲君❷，下方有何妖魔為祟❸？」土神曰：「遵大王約束，俱奉命惟惟❹。」帝又問曰：「面壁至人無恙否？」土神答曰：「面壁至人匆匆有行色。」帝驚問曰：「怎見得？」土神曰：「龍虎徹夜嘯吟，猿鶴終宵啼唳。且邇來士卒填門塞道，聞本上摽擬十月西歸。只今，從遊三子數數懇留修養，諸朋紛紛乞濟，不知挽得至人車轍否？」帝曰：「吾方會集四方岳帝，侍從經筵聽講，如何頓捨其去。孤明日化為坊廂耆老❺，苦情留之，看他何如。」有詩為證。

❶ 四岳：泰山、華山、衡山、恆山的總稱。

❷ 覲君：朝見君主。覲，音ㄐㄧㄣˋ。

❸ 祟：猶祟亂。指鬼神帶給人的災禍。

❹ 惟惟：恭敬的應答聲，引申為恭順謹慎之意。

朝罷歸來滿袖香，稽查妖祟屬猖狂。
土神復命均供職，惟有高人去得忙。

又詩曰：

聞說禪師決意歸，倉忙維命候行車。
諸經未講心殊歉，挽作蒸民❻濟渡師。

❺耆老：老年人。
❻蒸民：眾民；百姓。

岳帝挽留達磨

次日，岳帝果化為蒼頭❶者老，竟入寺中來，參謁達磨。達磨接見，知是前番參謁老兒，乃以上賓之禮待之。問曰：「君侯謁見玉皇，玉皇有何顧問？」岳帝驚訝，伏地請曰：「弟子果本山岳神，昨日天上歸來，聞至人整旅西歸，不肖特來懇留。上人久住此山，俾下神得終其證修之業。」達磨曰：「吾業未完，何能去得。汝欲聽經，何須□鬧。」遂為岳神說偈曰：

幻作蒼頭一壽翁，時法逐人□□□。
解則識攝色□迷，則□□分別計較。
息現量者悉皆是，夢若識取必本寂。
滅□多一動念處，各是正覺□□□。

岳神得此偈，遂禮謝師而去。有詩為證。

幻作蒼頭一壽翁，謁師頂□訴情衷。

❶ 蒼頭：言頭髮斑白。指年老的人。

此來本為留行計，不意高人□跡蹤。

達磨問岳神詩：

君侯昨自玉京回，親領天皇顧問來。
地上妖邪多評遍，傳燈佛子若知誰？

岳神辭達磨詩：

我本嵩山一岳神，被師慧眼見分明。
聞師證果將歸去，幻作耆民挽駕行。

達磨再授慧可

達磨師既授慧可以正法，又密喚慧可叮囑曰：「昔如來以正法眼付迦葉大士，流傳幾十代至般若多羅。般若多羅師知我可為法，□揭殘燈而授之於我。我來南土，轉求法嗣，惟子可膺重托，又將此遺照而付之於汝。汝當體我之心，善為護持，無令統緒斷絕。又授汝袈裟❶一領為法信❷。二者表曰，內傳法印以契證心，外付袈裟以定宗旨。後代澆薄❸，疑慮競生，言吾係西方之人，汝乃南方之子，從何得法，憑何證驗。汝今受此衣法，庶卻後日所生疑難。但此衣法，用以表明化無窒礙耳。吾滅後二百年，衣止不傳，法周□界。明道者多，行道者少。說理者多，通理者少。潛符客證，千萬有餘。汝當闡揚，勿輕未悟。一念回機，便同本得。」有詩為證。

迦葉初膺衣鉢傳，源流般若幾經年。
多羅復把燈傳我，我揭餘光托子沿。

---

❶ 袈裟：梵語 Kasāya 的音譯，原意「不正色」、「壞色」。佛教僧尼的法衣。佛制，僧人必須避免用青、黃、赤、白、黑五種正色，而用似黑之色，故稱。

❷ 法信：佛教師徒傳法的信物。

❸ 澆薄：指社會風氣浮薄。

又詩曰：

法師袈裟並授爾，好宣持護受靈符。
縱他澆薄生疑慮，衣法憑依可卻除。

又：

吾道流通二百年，法周沙界眼無傳。
潛孚密證方揚闡，□指胸中善與言。

達磨三授慧可

達磨師授了慧可法印袈裟，又喚叮囑之曰：「吾有楞伽經❶四卷，亦用付與汝。此經關係非小，乃如來心地❷法門❸，令汝後日開□，眾生俾得從談入悟。且吾自西天到此，五度中旁門之毒出而試之，置石石裂，其毒太苦，汝盍❹慎之防之，毋令毒我者而毒子也。南印東土，地之相去或千餘里，今吾離南印而至東土，豈無謂哉。見赤縣神州，廣有大乘氣象，故踰海越漢，不憚艱辛，為□□人也。詎意際會不諧，潛回江北，面壁山林，如愚若訥耳。今得子傳授，則南來之意已終，復何留哉。」有詩為證。

授子楞伽四卷經，如來心地法門誠。
眾生用此為開示，令彼駸駸妙悟深。

❶楞伽經：全稱楞伽阿跋多羅寶經。佛經名。法相宗所依「六經」之一。

❷心地：佛教用語。指心，即思想意念等。佛教認為三界唯心，心如滋生萬物的大地，能隨緣生一切諸法，故稱。

❸法門：佛教用語。指修行者入道的門徑。亦泛指佛門。

❹盍：何不。

又詩：

道德高深忌者憎，五回中毒欲傷生。
□歸毒試山中石，立見崔嵬石裂崩。

達磨遊千聖寺

一日，達磨謂諸徒曰：「數日間為各處使臣膠撓，未及談得佛事。今日稍暇，攜汝輩同往禹門千聖寺一遊何如？」諸徒曰：「唯命是從。」本日，師往禹門千聖寺遊覽，果見寶殿嵬峨❶，浮屠❷峻聳，門前帶水環腰，寺後屏風靠背。縱步閑觀，胏腑❸觀盡江山景致。朝西獨坐，精神多瀟灑，宅舍清幽，瑤草❹琪花❺，天為如來呈供品。鶯啼鳥語，物風華子奏音正。所謂意相關，禽對語，生香不僅花是也。好座今聖寺，只少恬如來弟子徒動，連宿三日。

達祖攜徒謁禹門，禹門勝概❻與平分。
遊觀何為淹❼三日，意在離凡與脫塵。

❶ 嵬峨：高大雄偉。
❷ 浮屠：亦作「浮圖」、「佛圖」。梵語 Buddhastūpa（音譯佛陀窣堵波）音譯之訛略。即佛塔。
❸ 胏腑：比喻內心。
❹ 瑤草：傳說中的香草。
❺ 琪花：仙境中玉樹之花。
❻ 勝概：美景；美好的境界。
❼ 淹：逗留；挽留。

楊太守謁達磨

且說期城太守楊衒之，一生宗信佛教，每遇僧人，俱隆禮接待。聞得達磨師在千聖寺遊玩，即放下政事，躬造千聖寺謁見達磨。隨問曰：「西天正印，師承為祖，其道何如？」達磨師答曰：「明佛正宗，行解相應，名之曰祖。」又問曰：「此外更有何義？」師曰：「須明他心，知其古今，不厭有無，於法無取，不賢不愚，無迷無悟。若能是解，故稱為祖。」衒之又問曰：「弟子皈依三教亦有年矣，而智慧昏蒙，尚迷真理。適聽師言，罔知攸❶措。望師慈悲，開示宗旨。」師知太守來意懇切，即為說偈曰：

亦不睹惡而生嫌，亦不觀善而勤措。
亦不捨智而近愚，亦不抛迷而就悟。
達大道兮無量，通佛心兮出度。
不與凡聖同躔❷，超然名之曰祖。

❶ 攸：所。
❷ 躔：音ㄔㄢˊ。泛指足跡。

太守為師除難

本日，太守聞師說偈，悲喜交并。言曰：「願師久住世，一日化導群。」師曰：「吾即逝矣，不可久留。根性萬差，多逢患難。」衒之曰：「未審何人，弟子為師除得否？」師曰：「吾以傳佛秘密，利益迷途，害彼自安，必無此理。」衒之曰：「師若不言，何足以表□變觀照之力？」祖不獲已，乃為之讖曰：

江槎分玉浪，紅炬開金鎖。
五口相共行，九十無彼我。

衒之聞師此語，莫究其端，但默記於懷。本日，稽首拜謝其師而去。有詩為證。

太守問：

聞得禪師勝地遊，特來參謁問源流。
西天正印俱歸祖，詳為鯫生❶說事由。

❶ 鯫生：猶小生。多作自稱的謙詞。鯫，音ㄗㄡ。

達磨答：

佛名為祖匪虛稱，知慧聰明博古今。
不厭有無不迷悟，能如是解道高深。

太守復問：

三寶歸心亦有年，昏蒙智慧尚迷玄。
聞師訓告驚無措，廣示慈悲得證緣。

按達磨禪師示楊衒之讖語，雖當時不測，而後皆符驗。時莊帝崇奉釋教，禪雋詣闕如蝟。有林光統律師❶流支三藏者，俱僧中之鸞鳳也。見師遠來演道，斥相指心，每與師議論，不免是非□起。達磨師在中土，獨振玄風，普施法雨。故偏局之量，自不能堪。競起害心，數中毒藥。前五度中毒，師以業緣未滿，旋中旋解。逮藥中至六度，師以化畢，傳法得人彼中之，師安之不復解救，遂端而遊。即魏莊帝永安元年戊申十月十五日也。本年十二月二十八日，慧可眾徒葬砌於熊耳山，起塔於定林寺，并具文以祭之。有詩為證。

❶律師：佛教稱善解戒律的人為律師。

普施法雨播玄風，斤相明心作釋宗。
南土禪僧中褊❷線，不能容物反相攻。

又：

律師三藏鳳鸞稱，何為容徒起妒心。
五度毒加師已覺，六回緣滿任傾生。

又葬詩：

形殯中華熊耳山，佳城鬱鬱不闌珊。
誰知得道能蟬脫，不意翩翩隻履還。

---

❷ 褊：狹小；狹隘。

武帝迎請達磨

魏莊帝繼體，為一國人主，性亦好佛。但林律師流三藏，當時號為僧鸞鳳。故魏帝宗信在此，未及求證達磨也。及聞達磨在所□少林寺面□，悟解弟子，慧可斷臂，授衣功果，表表不凡，私心甚豔慕之，遂遣使往少林寺，迎請入朝演教。達磨在日，人多忌之、毒之、毀之、阻之；達磨逝去，人多奇之、信之、思之、慕之。使臣賚詔入寺，達磨已圓寂多時。弟子慧可輩，星夜具表，同使臣朝呈謝□。魏帝閱慧可表，心殊愴然，深以不得奉教為歉，詔慧可闡揚其化。

使臣詔詩：

積厚從來流必光，達磨證悟性名香。
魏君金闕飛丹詔，迎請歸朝講老莊。

弟子復命詩：

禪師捨我入憑依，遺下皮囊葬耳西❶。

❶ 耳西：根據上下文可知是熊耳山西面。

邈矣商容□莫即，有孤奉詔九天飛。

魏帝詩：

少林面壁已經年，愧朕無緣未傳筵。
衣缽授卿須拓大，莫教斷絕朕如箋。

宋雲趨朝復命

宋雲別了達磨，望南而還。山迎水送，越數月跋涉，遂到之中華勝地。次日，整冠服上京伏命。魏帝見宋雲出使，於國有勞光慰。莊帝問曰：「大夫遠使西夷❶，曾有故人否？」雲答曰：「大夫無故交，安有故人？第臣歸國，行至葱嶺，遇見達磨禪師，手持隻履，翩翩獨往。臣問師何往，彼對曰西天去朝佛。所知故人，惟此一人而已。」魏主笑曰：「卿誤矣。卿出使後，孤具書迎請達磨，道達磨禪師已圓寂，屍葬熊耳山，塔建定林寺，及今已三載有奇。卿適云，日前葱嶺相遇，真白日魍魎❷，豈不誤耶。」雲曰：「臣非獨遇，諸從者目有同視。今如帝言，是達磨脫化之驗也。」魏帝即詔遂道副眾徒子，啟柩視之，柩中惟存隻履。帝大驚訝，遂遺書。

宋雲詩：

明日趨朝復魏君，九重慰問受艱辛。
達磨隻履逢葱嶺，此是他鄉遇故人。

❶ 西夷：古代指我國西部地區的部族。
❷ 魍魎：古代傳說中的山川精怪。

莊帝詩：

達磨圓寂已多年，蔥嶺相逢不自然。
屍葬耳山經耳目，如何持履獨翩翩。

又詩：

蔥嶺翩翩揭履行，宋雲會別兩分明。
歸朝具奏開柩視，惟有當年隻履存。

撰碑賜謚❶

梁武帝聞達磨在魏國教化大行，已自悔悟，欲親灑宸翰，為達磨作去思碑。後因機務❷刻決不遑，遂停止其事。及聞達磨圓寂，亦欲與之撰碑，敘其南來始末，有志未果。逮今接得魏主敘達磨葱嶺遇宋雲書，大為驚駭，悔不能慧悟，闡明宗旨，徒為此有漏之因，有辜如來南渡之意，遂親撰碑，勒石以表其誠。又賜徽號❸曰「敕封圓覺大法禪師」。魏帝又降詔，取遺履於少林寺供養，名其塔曰寶觀寶塔，門人慧可傳其法衣，稱其師為東土始祖。

撰碑詩：

立碑紀汝渡南動，朕為禪師撰序文。
有意屬孤孤莫識，西天歸去會無門。

❶ 謚：音ㄕˋ。古代帝王、貴族、大臣、士大夫或其他有地位的人死後，據其生前事跡評定的帶有褒貶意義的稱號。亦指按上述情況評定這種稱號。
❷ 機務：機要事務。多指機密的軍國大事。
❸ 徽號：褒揚讚美的稱號。指帝王封授的爵號。

賜謚詩：

沖齡慧辨已標奇，般若寅將道屬持。
靈性通融非執滯，謚稱圓覺大禪師。

武帝哭詩：

憶惜拳拳啟發予，愧予蒙昧莫潛孚。
於今持履西天去，尚得慈容面阿孤。

魏莊哭詩：

聞說高人得正傳，寡緣未得傳經筵。
浮名宗信如來教，冷卻真禪開偽禪。

蕭昂哭詩：

我佛南來演正宗，獲贍寶像效趨從。
思聞圓寂西天去，孰為開迷覓正宗。

宋雲哭詩：

葱嶺翩翩遇聖師，庸知圓寂歲三餘。
煌煌寶像渾如昨，頃刻人天別兩途。

道副哭詩：

粗將文學對師陳，道得皮膚尚未深。
今日西天歸去也，孰為澄映萬川星。

尼總持詩：

道真厭飫❹已非粗，湛湛青天霧障虛。

❹ 飫：音ㄩˋ。飽。

至味卻從師揭去，依然食肉一凡夫。

道育哭詩：

毅然卓立驗修為，達變從權未剖離。
再獲老師為治化，甫能廣大盡精微。

慧可哭詩：

斷臂師前為格師，承將衣法付愚庸。
肩挑重擔非容易，恐負傳燈屬望私。

見王哭詩：

不意慈悲出譜宗，為予懺悔禍災躬。
渡南不返西天去，叔姪緣慳業落空。

宗勝哭詩：

誤入旁門賴覺迷，正宗揭示日披霾。
亦趨亦步宗心印，詎意天遊不及依。

波羅提詩：

旁門陷溺已經年，恃得禪師為極援。
今日庶幾宗正脈，敢忘仁者意拳拳。

六宗哭詩：

我為先年失所依，紛紛淪溢小旁支。
幸師濟我歸真覺，海闊天高佩德輝。

慧可祭師文：

魏永安元年〇月〇日

維　弟子慧可、道副、道育、尼總持等，謹以庶饈齋果之儀，謹致祭東土始祖達磨圓覺禪師之柩前而言曰：嗚呼，天生精儲粹孕，瑞罩祥籠，異香馥郁襲人，神光燁曜滿室。先祖正印，屬彼承之；後裔法衣，屬彼□之；旁門偽學，屬彼闢之。在南印，則南印眾濟；在東土，則東土化彌。彼蒼早見於此，故發祥於西域，令彼由家以及國。多羅❺早見於此，故傳燈於南印，由親以及鍊。寶珠辨而二兄讓智，六宗闢而萬眾皈依。異見王輕毀如來，則為之懺釋其非。

梁武帝崇奉佛教，則為之開導其機。修德勤業，戚戚儲君，或可旦夕疾病之至。寫經造寺，堂堂天子何必矜人天小果之為聖。帝問而廓然❻，無朕以對。不識室而潛回江北以居。面壁少林，誰識比丘為活佛。無言默坐，安知長老即真如❼。曠達神光，積雪垂腰，堅立志法嗣，神刀斷臂動慈悲。傳法印以證內心，授袈裟以除後議。也曾為龍虎說法，也曾為嵩岳談微。振玄風而招物論，斥□□而起人非。禪雋有僧中鸞鳳，流林為三藏律師。局褊示人不廣，五毒而靈性先知。一

---

❺ 多羅：梵語 Pattra 的音譯。亦譯作「貝多羅」。樹名，即貝多樹，形如棕櫚，葉長稠密，久雨無漏。其葉可供書寫，稱貝葉。

❻ 廓然：遠大貌。

❼ 真如：梵語 Tathatā 或 Bhūtatathatā 的意譯。佛教用語。真是真實不虛，如是如常不變，謂之真如，謂永恆存在的實體實性亦即宇宙萬有的本體。與實相、法界等同義。

一日自言時至，會集三子各陳所得。何如總持得道之肉，道副之皮，道育僅僅得骨，慧可深入髓脂，自人手兢兢修證。

達師指慧逃走

次日，武王祭畢。達磨在雲頭呼慧可曰：「佛性好悟耶，佛祖欲傳燈耶，法器指破耶。」慧可見師顯達，願求指示。達師傳與慧可，喚六宗，見傳燈。

又說偈曰：

師壽於百歲，八十而造非。
為近至莫故，重修而入道。
雖具少智慧，而多有彼我。
所見諸美等，未嘗生珍敬。

又偈：

二十年功德，其心未恬靜。
聰明醒慢故，而獲至於此。

又詩：

得王不敬者，當感果如是。
自今不踈怠，不久成奇智。
諸聖悉得心，如來亦復爾。

又詩：

定慧為宗立戶門，願將奧義訢知□。
如來定慧非同汝，員□難容□道□。

又詩：

定慧如何一二拘，勝師傳授走盤珠。
定無定處慧非慧，一二拘擵是背師。

又詩：

值數而違剌，當名不副名。
金繩開覺悟，革舊自歸誠。

又詩：

宗名實相意如何？幸為條陳❶發我愚。
祇恐相空無實相，多因幻妄墮迷途。

又：

相名無相何能定，不定難言相有真。
變故循環非在在，有無流轉卻津津。

又：

容相何能變，有中怎說無。

❶ 條陳：分條陳述。

婆羅能是解，逃墨❷必歸儒。

又：

勝多沉溺小旁門，分立諸宗大亂真。
身且不知牛跡陷，何為喧鬧亂紛紛。

又：

旁門立六宗，狂奴傲主翁。
建議驅除策，縱容漸次攻。

❷逃墨：叛離墨家之道。

羅漢❶赴會

達磨指點慧可法器，回轉雷音寺見如來佛祖。佛祖問曰：「功成多少？業❷成多少？」達師曰：「功修一分，業成些小。」佛祖喚諸徒曰：「瓊漿相待。尊者各歸次位，聽蓮花會講經，超度孤魂，謹依法旨。」

有詩為證。

實相諸徒已覺非，此宗無相亦須規。
問渠無相居何處，恐與沙門道裂支。

又詩：

我名無相隱渾淪，三昧員融❸罔執循。

❶羅漢：梵語 Arhat（阿羅漢）的略稱，亦譯「阿羅訶」。佛教用語。小乘的最高果位。謂已斷煩惱，超出三界輪迴應受人天供養的尊者。

❷業：吾人的一切善惡、思想、行為，都叫做業。

變化莫知神孫境，能將口說為君聞。

又詩：

無得三昧相，莫當三昧名。
波羅聞慧可，即悟性之靈。

❸ 員融：即圓融，佛教名詞。圓，周遍之意。融，融通、融合之意。圓融即圓通、融合之意，如煩惱即菩提，生死即涅槃，眾生即本覺，娑婆即寂光，皆是圓融的理趣。

慧可逃走

慧可聞師指點，收拾袈裟衣缽法器，正當二鼓❶逃走。波提聞師指教慧可逃走，意欲追求傳燈之計。眾徒聞說慧可逃走，欲去趕上，「結果此賊，方消吾恨」。波提曰：「不可。師在，傳燈與他。今日達師昇天，我與汝眾人行兇耶。」眾人聞言，不管其事。波提追趕慧可。慧可知他來追，急喚喚而隨。波提觀見慧可，呼曰：「慧師等吾，同去行化，普度眾生。」越趕不上，慧可足下起雲。波提方拜為師。

慧可逃詩：

多方行化脫波提，悅下東來一著棋。
今日南逃明日北，何時事寧得青夷。

波提追詩：

用盡機關為佛僧，幾回趕上幾回逃。
慧可若不傳正法，空買聲名天際朝。

❶ 二鼓：二更天。

又詩：

心中雖吉外頭凶，川下僧房名不中。
為遇毒龍生武子，忽逢小鼠寂無窮。

神光白日昇天

次晚，囑贊已畢，即普度眾生。忽然見一猛虎，伏在壇下。慧師隨次跨虎，虎忽然飛騰在空中。眾尊者曰：「何不回到雷音寺，參見佛祖如來。」慧師隨即就回天宮辭別其師，隨虎而下，誦講諸品經卷。喚波提曰：「我今欲回雷音寺朝佛祖，你在此依佛法而行。」說畢，即現毫光閃閃，見旗幡鼓樂齊鳴。武帝元年七月廿四日神光圓寂昇天，壽歲一百一十九歲。

慧可圓寂放神光，現變無窮出異常。
波提求師傳佛教，化行本國德無量。

又詩：

萬法盡歸空，誰教相寂宗。
慧人爐點雪，瞬息一陶融。

中國古典名著

專家校注考訂　古典小說戲曲大觀

世俗人情類

紅樓夢　曹雪芹撰　饒彬校注
金瓶梅　笑笑生原作　劉本棟校注　繆天華校閱
老殘遊記　劉鶚撰　田素蘭校注　繆天華校閱
平山冷燕　天花藏主人編次　張國風校注
謝德瑩校閱
品花寶鑑　陳森著　徐德明校注
野叟曝言　夏敬渠著　黃珅校注
綠野仙踪　李百川著　葉經柱校注
海上花列傳　韓邦慶著　姜漢椿校注
九尾龜　張春帆著　楊子堅校注
醒世姻緣傳　西周生輯著　袁世碩、鄒宗良校注
三門街　清無名氏撰　嚴文儒校注
花月痕　魏秀仁著　趙乃增校注
孽海花　曾樸撰　葉經柱校注　繆天華校閱
魯男子　曾樸著　黃珅校注
遊仙窟　玉梨魂（合刊）　張鷟、徐枕亞著
黃瑚、黃珅校注
筆生花　心如女史著　黃明校注　亓婷婷校閱
浮生六記　沈三白著　陶恂若校注　王關仕校閱

公案俠義類

水滸傳　施耐庵撰　羅貫中纂修
金聖嘆批　繆天華校注
兒女英雄傳　文康撰　饒彬標點　繆天華校注
三俠五義　石玉崑著　張虹校注　楊宗瑩校閱
七俠五義　石玉崑原著　俞樾改編
楊宗瑩校注　繆天華校閱
小五義　清・無名氏編著　李宗為校注
楊家將演義　紀振倫撰　楊子堅校注　葉經柱校閱
萬花樓演義　李雨堂撰　陳大康校注

粉妝樓全傳　竹溪山人編撰　陳大康校注

七劍十三俠　唐芸洲著　張建一校注

包公案　明・無名氏撰　顧宏義校注　謝士楷、繆天華校閱

海公大紅袍全傳　清・無名氏撰　楊同甫校注　葉經柱校閱

施公案　清・無名氏編撰　黃珅校注

歷史演義類

三國演義　羅貫中撰　毛宗崗批　饒彬校注

東周列國志　馮夢龍原著　蔡元放改撰　劉本棟校注　繆天華校閱

東西漢演義　甄偉、謝詔編著　朱恒夫校注　劉本棟校閱

隋唐演義　褚人穫著　嚴文儒校注　劉本棟校閱

說岳全傳　錢彩編次　金豐增訂　平慧善校注

大明英烈傳　楊宗瑩校注　繆天華校閱

神魔志怪類

西遊記　吳承恩撰　繆天華校注

封神演義　陸西星撰　鍾伯敬評　楊宗瑩校注　繆天華校閱

濟公傳　王夢吉等著　楊宗瑩校注　繆天華校閱

南海觀音全傳　達磨出身傳燈傳（合刊）　西大午辰走人、朱開泰著　沈傳鳳校注

諷刺譴責類

儒林外史　吳敬梓撰　繆天華校注

官場現形記　李伯元撰　張素貞校注　繆天華校閱

文明小史　李伯元撰　張素貞校注　繆天華校閱

鏡花緣　李汝珍撰　尤信雄校注　繆天華校閱

何典　斬鬼傳　唐鍾馗平鬼傳（合刊）　張南莊等著　鄔國平校注　繆天華校閱

擬話本類

拍案驚奇　凌濛初撰　劉本棟校注　繆天華校閱

二刻拍案驚奇　凌濛初原著　徐文助校注　繆天華校閱

喻世明言　馮夢龍編撰　徐文助校注　繆天華校閱

警世通言　馮夢龍編撰　徐文助校注　繆天華校閱

醒世恒言　馮夢龍編撰　廖吉郎校注　繆天華校閱

今古奇觀　抱甕老人編　李平校注　陳文華校閱

豆棚閒話　照世盃（合刊）
艾衲居士、酌元亭主人編撰
陳大康校注　王關仕校閱

石點頭　天然癡叟著　李忠明校注　王關仕校閱

十二樓　李漁著　陶恂若校注　葉經柱校閱

西湖佳話　墨浪子編撰　陳美林、喬光輝校注

西湖二集　周楫纂　陳美林校注

著名戲曲選

琵琶記　高明著　江巨榮校注　謝德瑩校閱

第六才子書西廂記　王實甫原著　金聖嘆批點
張建一校注

牡丹亭　湯顯祖著　邵海清校注

長生殿　洪昇著　樓含松、江興祐校注

桃花扇　孔尚任著　陳美林、皐于厚校注

包公案

明・無名氏／撰　顧宏義／校注　謝士楷、繆天華／校閱

《包公案》是部專講宋朝名臣包拯斷獄故事的公案小說，其中樹立起包拯廉潔奉公、明察秋毫的清官形象，大為深受貪官污吏之害的百姓歡迎，故能廣為流傳，歷久不衰。本書以清代翰寶樓刊本為底本，校以藻文堂刻本等，多所補闕訂正，冷僻詞語、典故並有注釋，便於讀者閱讀理解。

施公案

清・無名氏／編撰　黃珅／校注

《施公案》描寫清代多謀善斷的施公清正為官，懲治貪官汙吏、土豪惡霸，專替弱勢百姓申冤的故事。主角施公與俠士黃天霸的性格塑造鮮明，正義無私的形象符合百姓期待，口語化的語言且富於生活氣息，故而大受歡迎，問世後便吸引眾多寫手一續再續，衍成五百三十八回之巨著。本書以善本相校，完整收錄正續集，注釋詳盡，讀者切不可錯過。

何典　斬鬼傳　唐鍾馗平鬼傳（合刊）

張南莊等／著　鄔國平／校注　繆天華／校閱

本書合刊清代三部通俗小說：《何典》以幻想的鬼界來折射人世實相，嘻怒笑罵，皆有所指；《斬鬼傳》、《唐鍾馗平鬼傳》則依據民間廣為流傳的鍾馗斬鬼故事，加以演繹或編造情節，藉「鬼」以暴露人間的黑暗和醜惡。內容引人入勝，讓讀者於欣賞連篇鬼話之餘，能得會心一笑。

拍案驚奇

凌濛初／撰　劉本棟／校注　繆天華／校閱

《拍案驚奇》是十七世紀初葉中國文人獨自創作短篇小說專集的第一本。它承續宋元話本的風格，故事趣味，情節動人，除了寓有勸善懲惡的作用外，還可看出明代社會生活的概況。本書根據明崇禎元年尚友堂原刊本，詳為校訂，難詞難字酌加注釋，人名地名等並劃上私名號，期望對於閱讀欣賞有所幫助。

醒世恒言

馮夢龍／編撰　廖吉郎／校注　繆天華／校閱

晚明通俗文學大師馮夢龍收錄宋元舊篇和明代新作，一一加以增刪、潤飾，輯為「三言」，內容有對愛情的歌頌、對市井生活的描寫、對封建官僚的譴責和對正直官吏的讚揚等，寫作技巧高妙，人物刻劃細緻。其中《醒世恒言》對後代小說和戲曲都有影響，不少雜劇和傳奇，都取材其中數寫而成。